그루터기에 햇순이 돋을 때

심종숙 시인의 두 번째 시집

새로운 세상의 숲
신세림출판사

그루터기에 햇순이 돋을 때

심종숙 시인의 두 번째 시집

■ 서시

나는 쓰련다

나는 쓰련다
한 줄기 바람 되어
가슴을 쓸어주는 시를

나는 쓰련다
한 타래 실이 되어
해어진 마음을 깁는 시를

나는 쓰련다
한 길이 되어
모두 함께 걸어가는 시를

나는 쓰련다
한 자루 초가 되어
마음과 마음을 모아
뜻을 이루는 시를

차례

제 1부 늑대와 양

제 2부 민들레 전사들

차례

제 3부 빨갱이

제 4부 그루터기에 햇순이 돋을 때

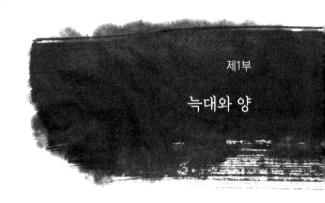

제1부

늑대와 양

조선 노동자·1

한
　척의 배
　　아직 건조되지 않고
빈 도크 안에서
　　　한
　마리 유선형의 짐승
아직 깃발도 펄럭이지 않고
　　　한
　척의 배를
만들기 위해 노동자들은 달라 붙었네
껍질에 붙어 철판과 철판을
푸른 불꽃이 이는 용접으로 잇네
산소와 아르곤가스가 일으키는 용접공의 불꽃
그는 맡은 한 구역, 짐승의 몸 한 군데를
성형하는 성형사
　　　　　　　그렇게 새까만 머리가
철선에 매달려 원청의 지시에 따라
하청에서 용역으로 고용되어 한 척의 배를
만든다고 매달려 있다
하루에 일하다 일곱 명의 노동자가
어떻게 죽는가

압착사와 가스 질식사
추락하는 쇠덩이를 맞고 죽어간다
조선 노동자는 오늘도 목숨을 매단다
한 마리의 거대한 배는
철로 만들어진다
노동자의 죽음과 바꾼
한
척의 완성된 배는
바다로 나가기 전에
피를 먹고
슬픔을 먹고
착취와 불평등의 협잡으로
고장이 난다
누가 진수식에 나팔 부는가
누가 깔끔한 정장을 입고
거래의 악수를 하며 거들먹대는가
테이프를 끊는 작은 손도끼
누구의 머리통을
목을
심장을
팔과 다리를
창자를 터지게 했는가

한
척의 배는
노동자의 피와 땀을 먹고
비대해진 한 마리 짐승이다

조선 노동자·2

애인이여
나는 꿈꾼다
이 배가 다 만들어지면
우리는 가정을 만들고
　하얀 면사포와 턱시도 입고
기름때 묻지 않은 옷
　　입어보는 결혼식을 치루고
우리의 신방에서
　　우리의 순결한 결합
출항하는 한 척이 꿈꾼다
　　사랑의 씨앗을 키우련다
이렇게 한 맹세!
　　일이 끝나고
너에게
　　톡하고
　거대한 짐승의 배 안에서
　일에 집중된 정신
　　톡하고
　　너와 톡하고
　　일 끝나고
　　약속을 정하는 감미로운 시간

샤워실에서
　땀에 절은 몸을 씻고
가볍고 산뜻해진 몸으로
　두근거리는 심장을 안고
나는 너를 만나러 가리
　　톡하며
　　너와 연결되어
　　하루의 피로
　　거친 남자들의 욕설
　　명령의 소리 잊으며
상쾌하게 널 만나러 가리
　그래 우리 그때 거기서 보자
　　저녁 7시
　　너의 마음과 정신
　　　영혼에 내가 깃들어
　　손가락은 빠르게
사랑의 말을 전하는데
　아 거기 천정에서
　한 토막 거대한 방해꾼이
떨어진다
　　행복을 박살낼
무자비한 철판이

너와 나의 라인을 끊고
내 인생을 유린한다

　비켜라!
　비켜라!

　떨어진다
　너의 달콤한 문자 속에 빠져
내 몸과 영혼이
　　선 안으로 꺼진다

　꺼진다 나의 삶이 지구상에서
몸은 압착되어 납작해지고
　붉은 피가 터졌다
　　어떻게 깨지지 않았을까
　사랑의 스마트폰
　몸은 으스러졌는데도

　내 영혼은 몸에서 빠져나온다
동료들이 뛰어오고
　　작업반장의 다급한 발자국 소리
산재팀이 불려오고

구급차 대원이 내 몸을 수습한다
거대한 철판을 들어내고
  처참한 몰골
   사람들 겁에 질려
  터진 창자와
  부스러진 뼈들
인간이 무거운 철판에 눌린

  어디서 왜 도사리고 있나
끝없는 위험들
      사고들에서
  언제
      노동자의 생명은 보장 받나
자본가는 사무실에서
   한 노동자의 목숨값을
   이윤과 셈하고
      언제나
        그 셈법에서
  인간은 밀리지
   배는 노동자가 만들고
만든 배를 팔아
    자본가는 돈을 벌지

선금을 받기 위해
깡통선박을
바다 위에
띄워놓고
작업하는 노동자들
출렁이는 파도에 흔들리며
어디에서 철 토막이
굴러 떨어져
두개골을 박살낼지 모르지
기일을 맞추려
총동원 체제로
밤낮 없이 용접하고
배관으로 이어
목표 달성
몰아치고
몰아쳐
노동자를 기계로
만드는 조선산업
배를 만들어 먹고사는 노동자
배를 팔아 돈 버는 자본가

한 척의 배를 만들다

죽어간 노동자

한 척의 배 속에
내 영혼은 갇혀 나오지 못한다

애인이여
끊어진 톡에서

가상의
애인이여
너를 끌어 안았던 나의 감각이
죽고

이 순간 너는 없었던 사람처럼
더 이상 오지 않는 톡에서
망연히
그러나 일터로 달려오지 않는 너는
그저
비밀처럼
내가 가슴에 품고 간
태양이 뜨면
사라지는

한 송이 눈꽃이었네
네 가슴에
한 조선 비정규직 노동자의
처절한 죽음이
아직도 우느냐
선 안에서
냉정히 사라지는
추억의 한 순간이었느냐

조선 노동자·3

내가 질식하여 뇌사자가 되면
뽑아라
　　냉정하게
　　　　인공호흡기를 떼버려라
동료들에게 말하였지
　　한 공간에 아르곤 가스를 주입해 두고
작업반은 들어간다
　　　　　　한 명의 노동자가
　　미처 모른 노동자가
　　　　　한 모금의 아르곤가스를
　　마신다
　　쓰러진다

또 한 노동자가
　　　　　죽은 동료를 보고
달려가 일으키다
　　　　　한 모금의 아르곤가스를
마신다
쓰러진다

또 한 노동자가

죽은 세 동료들을 보고
달려가 깨우다가
　　　　한 모금의 아르곤가스를
마신다
쓰러진다
　　네 명의 노동자들
쓰러지고 쓰러졌다
　　　　　아르곤가스 마시고
소리 없고
냄새 없고
모양 없는
아르곤가스는
　　　치밀하다
　　　치밀한 자본이다
　　　자본의 힘이
　　　　소리 없고
　　　　냄새 없고
　　　　모양 없는
　　　　달러의 힘이
　　　제국과 결탁한
　　　　　달러의 힘이
　　　쓰러뜨린다

노동자들을
전세계 노동자들이여 단결하라
저 달러의 냉정한 기계 속에
끌려들어가
자본의 콘베이어벨트에
말려죽느니
우리는 부르짖어야 한다
우리는 단결해야 한다
우리는 요구해야 한다
우리 노동의 생존권을

우리는 일하고 싶다
우리는 일하는 노동자
인민을 위해 일하는 노동자
우리는 노동 안전권을 쟁취할
인민을 위해 일하는 노동자

삼성의 책상
-삼성본사 앞 삼성일반노조 현장투쟁에서

노동의 하루가 간다
노동의 하루가 간다

거대 기업 삼성의 한 책상에 앉아
노동자는 시간을 묻는다
컴퓨터와 온종일 시름하고
성과를 내려 담금질한다
입에는 단내가 나고
어깨는 굳어간다
밀려드는 일을 처리한다

오지 않는 미래에
수십년 문서를 들치고
새로 만들며
보고 또 보고 하면
결재 사인이 날 때까지 초조해진다
어제의 동료는 오늘 명예퇴직하고
빈 책상에
아무렇게나 놓여있는 서류 더미
저 책상에
누군가 들어와

한 생을 묻겠지

노동자 동지들이여
우리는 일하는 기계가 아니다
끝없는 잔업과 철야 속에서
새 제품 하나 출시하면
신체의 하나도 망가진다
병들어 휴직한 동료들
살인적인 노동이
우리들의 목숨을 단축시킨다
우리는 부려먹는 짐승이 아니다
삼성 노동자들이여 단결하라 !
단결된 노조로
정경유착의 고리를 끊고
고용자의 갑질을 막고
중소기업을 잡아먹어
괴물된 삼성을 해체하자
노동자가 주인 되어
경영에 참가하고
선한 기업 되게 하고
노동자를 살리는
민조노조 건설하자

노동의 새 하루는 떠오른다
노동의 새 하루는 떠오른다

일용직
-줄과 스파이더맨

한 남자가
줄에 몸을 묶고 높다란 건물
외벽 유리를 닦는다

더 높은 곳을 올라도
더 단단하게 몸을 묶어도
생활은 나아지지 않았다

일용직은
하루의 먹이를 위하여
새벽의 어둠을 털고
복잡한 버스에
어제의 피로를 담고
용역시장으로 달려간다

일거리 하나도 얻지 못하고
돌아가는 것보다
꽁꽁 묶여
일하는 게 낫다고
굶어죽는 것보다 낫다고
오늘도 목숨줄을 묶는다

노동의 줄은 사람의 생명줄을 먹고
사람은 노동을 먹는다
줄은 중간에서 낡아서 끊어진다

인간의 노동을
게걸스럽게 먹어 치우는
악덕 자본가들
입가에 피를 묻히고 흡혈귀 되어
노동자의 목에 이빨을 박는다

남자는
스파이더맨을 꿈꾼다
팔과 다리가 늘어나고
거미줄을 건물 사이에 치고는
걸려드는 악당을 물리친다
이 도시는 그의 손아귀에 들어갔다

스파이더맨은
거대 자본과 유착한
권력의 거미줄을 쳐낸다

그는 이룬다
인간의 노동이 존귀한 세상을
인간의 노동이 기쁨인 세상을

늑대와 양
-구로공단, 1994년의 풍경

겨울의 이른 새벽
한기가 창끝 되어 찔러오던 날
구로공단 한 기업의 노동자들에게
일본어를 가르치러 나갔다

황량한 공단에는 찬 바람이 쉴 새 없이 불었다
바람결에 늑대들의 울음소리 들리곤 했다
과장과 직원들은 자기계발하라는
늑대의 명령에 따랐다
이웃회사들의 창문에는 불이 꺼졌다
출입문에 녹슨 자물쇠가 매달려 있었다
공터에 쓰레기더미 산들이 내력을 이야기했다
굶주린 늑대들은 중국에도 새 기업을 차렸다
값싼 양떼를 포식한 늑대들은 중원을 포효했다
남아 버티던 곳도 정리해고의 칼날이 번득였다
큐티시간과 잘 팔리는 신제품생산을 늑대는 요구했다
예수를 따르겠다고 큰 소리 치던 늑대는 교묘하게 양들을 속였다
외국에서 공부한 아름다웠던 디자이너는 시들어가고
캐쥬얼을 정장 대신 입던 직원들은 지쳐갔다
늑대는 예수를 이용하여 양떼를 착취했다
숫늑대는 목에 난 갈기를 떼고

나의 강의를 석달만에 잘랐다
그 겨울의 강의 시간은 짧았다
대신 나는 불길하고 길고 긴
늑대의 울음소리를 겨울 내내 들었다

톨게이트 노동자들

말과 말을 엮는다
팔과 팔을 엮는다
웃옷을 벗어 던진다
조여오는 강제해산에 맞서
우리들은 몸으로 저항한다

하루에 여덟시간 일하는 톨게이트
한두 평의 공간에서 벌어주니
회사는 우리들을 해고했다
근로자 지위 인정한 대법원 판결에도
자회사 가짜 정규직을 만든다

천오백 명은 저항한다
천만 노동자들은 저항한다
머리에 띠 두르고
저마다 철갑 조끼를 입고
팔과 팔을 엮는다
어깨와 어깨를 건다
본관을 점거하고
드디어 주인이 된 우리들
구사대와 경찰이 에워쌌어도

추석명절 피붙이들이 에워쌌어도
억압과 착취를 풀리라
공권력의 폭력을 풀리라
톨게이트 빗장을 풀리라

건물 안에는 민주노총이
건물 밖에는 한국노총이
마주 보며 함께 투쟁하는 우리들

우리는 톨게이트 노동자들
우리는 어디에 있는가
찬 바닥에 앉아
노동권과 인권을 지킨다
우리들은 어디쯤 가고 있는가
끝없는 노동의 길
끝없는 투쟁의 길에도
승리의 여명이 밝아오는 길에서
동지들과 함께
굳세게 팔을 엮는다

오늘 우리들의 어깨에
천만 노동자들의 희망이

오늘 우리들의 엮은 팔과 팔에
천만 노동자들의 단결이
오늘 우리들의 말 속에
한 노동자의 피맺힌 절규가 있다는 걸
우리들은 알지

어제 우리들이 벗어던진 웃옷에
한 여성 노동자의 서러움이 방울진다
어제 우리들이 벗어던진 웃옷에
낡은 군림의 역사가 추락한다
어제 우리들이 벗어던진 웃옷에
노동의 피가 번진다

우리들은 죽음도 넘는 아카키
소유의 탐욕을 밟고
그저 일용할 빵을 얻기 위해 싸우는 아카키
인권과 노동권의 외투를
누가 빼앗았나 돌려다오

아무래도 떨칠 수 없는 건
-톨게이트 노동자들에게

아무래도 떨칠 수 없는 건
그녀들이
김이 오르는 식탁에서
가족들과 저녁을 먹어야 한다는 거다

아무래도 떨칠 수 없는 건
그녀들이
침대에서 다리를 뻗치고
단잠을 자야 한다는 거다

아무래도 떨칠 수 없는 건
그녀들이
한두 평 톨게이트 부스에서
하루 여덟 시간 공사를 위해
벌어주고도 해고됐다는 거다

아무래도 떨칠 수 없는 건
그녀들이
수십 일을 집 거실이 아닌
차가운 바닥에서
더러운 공기와

독한 피부병 약 먹으면서
정규직을 구해야 한다는 거다

아무래도 떨칠 수 없는 건
피지배계급 노동자가
한 조각 빵을 구하기 위해
하나뿐인 목숨을 걸어야 한다면
우리는 정의의 횃불을 들어야 한다는 거다

이마트 노동자들에게

거대한 마트는
한 마리의 큰 짐승
그 배에는 인간의
먹을 것을
입을 것을
쓸 것을
매대에 올려놓고 소비자를 기다린다
노동자는 이 코너 저 코너에서
상자를 나르고 상품을 진열하고
계산대에 서서 바코드를 찍는다

한 마리 큰 짐승이 두 마리가 된다
세 마리가 되고 무리를 이룬다
자본이 키운 짐승들은 간교하다
가격 담합으로 생산자와 소비자를 우롱한다
노동자의 임금을 장난하고
정규직과 비정규직으로 갈라치고
부당전직 강제전보 시키는 짐승의 무리
골목 가게를 잡아 먹더니
피묻은 입으로 재래시장을 먹으려 달려든다
마침내 인간의 목숨마저 진열하여 팔려는

거대기업 대형마트 짐승들

이마트 노동자들이여!
떨쳐 일어나 단결하자
우리들은 반자본주의 투쟁의 선봉대
악덕 기업주 짐승의 배를 가르고
민주노조 지켜내는 전사가 되자
인간의 권리
인간의 존엄
인간의 생명을 되찾아내자

이마트 노동자 형제들이여
노동해방
인간해방의 시간이 다가왔다
저 짐승의 담합
저 짐승의 자본독식
저 짐승의 노동자 갈라치기에 맞서는
우리는 노동의 자주를 위해
우리는 노동의 정의를 위해
강철대오로 맞서는 민주노조
하나의 깃발 아래
전체를 위해 전진하자!

이소선 어머니를 기리며

-이소선 어머니 8주기에

아드님의 불 탄 몸을 안으시고
당신은 무얼 다짐하셨나요

어제의 노동이
오늘의 먹이가 되지 못하고
노동은 사람을 먹었네
노조 만들면
빨갱이가 됐던 시절
근로기준법 외치며
기름을 쓰고 불 그었네

종일 웅크려 먼지 마시며
봉제공장 미싱을 박고
악덕 사업주의 착취에
12시간 넘는 노동시간에
어린 순이는 각혈하고
쓰러져 가네

태일아
내 아들 태일아
너의 가슴은

나의 가슴 되어
훨훨 타오른다
훨훨 타오른다

타다 남은 재가 기름이 되듯
아드님의 뒤를 따라
어머니는 고요히 걸어간다

아드님의 불 탄 몸을 안으시고
당신은 무얼 다짐하셨나요

내가 아는 한 노동자

끝없는 길 위에서 날들이 흐르고
그 길에서 희망보다 절망이
먼저 내려앉을 때
퇴근길 가로등 불빛 둔탁하게
한 마리 거대한 짐승처럼 동네가
드러누워 있다
재개발 바람 불어 들뜬 사람들
책임없이 빈 집 남겨두고
하나씩 떠나고
버려진 집 앞 화분들에는 구근이
들어 잠자고 있었네
달동네 지붕들 이어진 곳
담장 위에는
섬찟하게도 깨진 유리조각 박아둔 곳
철조망을 둥글게 쳐놓은 집 뒤에 난
좁은 골목길
숨 막히는 집들 사이 위태한 뒷길에
가로등은 언제나 혼자 서 있었네

긴 하루가 한 갑의 담배를 다 태울 때
속이 타는 노동자들

아침이면 어디론가 사라지고
저녁이면 납작하게 숨죽인 집 안에서
지친 몸을 관처럼 누였다가
스스로 관 뚜껑을 자명종 소리에 열고
채 떠지지 않는 눈
구겨진 몸 펴지지도 않은 채
이를 닦고 세수를 하고
옷에다 관 대신 몸을 밀어넣고
떠나는 출근길
일은 노동자의 목을 매어둔다
일이 없으면 먹을 것이 없다
사람이 빵만으로 사는 것이 아니라
말씀으로 산다 고상하게도
빵이 있고 난 뒤에나
생각나는 말씀은
정의 진리 도덕 법 양심
이런 것들인가

휘적이며 걸어나가는 그의 등 뒤에서
집은 생각한다
언제까지 그는 이 집에서 살까하고
그의 머리에는 매달 들어가는

세금고지서 생활비 아이들 교육비
그가 노동으로 번 돈을
싹둑 잘라가는 야속한 생활
정작 그는 자신을 위해 쓸 수가 없다
입에 풀칠한다는 말
입에 풀칠은 해야지

인간으로 태어나 먹을 것 없이
살 바에야 마소로 태어나
저 들에 풀 뜯는 게 나을 터

왜 끝없이 일 나가고 벌어도
통장에 돈은 모이지 않는가
무수히 빠져나가는 숫자들
모래성이 허물어지듯 파도에
월급이 숫자로 찍혀서는
한 달 동안 뒤로 걷는다
0이 될 때까지 수없이 숫자로
찍히고 사라지는 돈들

눈이 내려 미끌한 골목길
그의 발걸음이 위태하다

기가 막히게도
오늘 그는 해고되었다
아내에게 뭐라 말할까
그 어떤 소명의 기회도 없이
노동자는 해고가 된다
너는 필요하지 않다고
더 이상 부릴 수 없다고
자본은 인간을 밀어낸다
가파른 성장의 언덕에서
기업에 이득이 안 되면 밀어버린다
노동자는 해고되어 무너진다
자존감이
자신감이
상실감으로 변해
홀로 울어야 한다
술로 달래고 넉두리하면서 한 잔
이를 갈면서 한 잔
그 손은 터져 나오는 분노로
부수고 싶다
던지고 싶다
유리 같은 생활
유리 위에서 걷는 노동자의 생활에

유리가 깨져 추락했다
노동자는 다리가 부러지고
머리에 피가 흐른다
가슴에 삶의 짐이
바위 되어 짓누른다
이대로 벼랑에 떨어질 순 없다
그와 같은 과 동료들과 내일을 기약하며
사무실을 나왔다
늘 서류더미에 묻혀
부장이나 과장에게
한 소리도 듣고
죽어라 현장에 뛰어가고
그런 소금에 젓갈 익는 생활
곰 삭지 않으면 안 되는 노동자의 생활

몽미

몽미는 방글라데시 청년
나에게 옴마 옴마 불렀던 그는
한국어 능력시험 두 번 치르고
일자리 얻어서 온 청년

낯선 이국에서 기숙사에 머물며
하루 12시간 노동에
몸살 나 누운 그는 병석에서도
옴마 옴마 나 아파하면서
침대에 이불 들쓰고
찍은 사진 보내왔네

자꾸 전화 와서 귀찮아진 나는
몇 번 만나려했으나 못 만난 그
지금은 어느 공장에서
종일 서서 프레스와 시름하며
쉴 새 없이 땀을 닦을까

몽미여
이 땅의 청년들 손가락 잘라먹은 기계 앞에
이제는 네가 서서 일하는구나

우리가 버렸던 노동을 대신하는 너는
임금에 울고
악덕 사장에 울고
열악한 노동 환경에 놓여져
멀고 먼 노동3권 쟁취의 길
서러운 타국살이
너는 털코트를 입어도 춥겠구나

별 볼 일 없는 삶

어제는 산행하니 하루가 갔다
오늘은 페북하니 하루가 갔다
내일은 무엇을 하면 하루가 갈까

별 볼 일 없는 시간이
별 볼 일 있는 시간에게 말을 건다

가끔은 별을 보자고
가끔 봐서 뭐 하냐고

살아서 뭐 하냐고가
죽을 때까지 뭐 하냐고에게 물었다

아무도 모르는 세상의 한 켠에서
알아주지도 않는 페북의 한 켠에서
야금야금 갉아먹듯이
찔끔찔끔 눈물 흘리면서도

어둠에서 빛을 보고
사기꾼들이 스스로
걸려넘어지는 날이 오기를

어둠에서 빛을 보고
분단에 기생하는 권력이
서로 죽이고 죽이다 나가떨어지고
역사의 새 무대에
한 켠에 살던 이들이
전면으로 나와
큰 소리 치고
판관이 되어
고장난 역사의 수레바퀴에
기름칠하여
잘 굴러가게 하는 날까지
살아남아서
야금야금 저들의 권좌를 갉아먹는 것

별 볼 일 없는 삶이 내게 말했네
별 볼 일 있는 삶이 내게 말했네

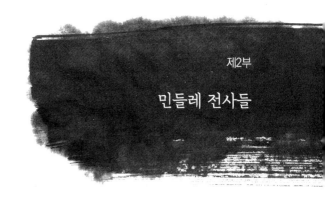

제2부

민들레 전사들

민들레 전사들

민들레꽃이 중앙지검 앞 화단에 피었다
노란 꽃판이 마음을 울게 한다

IDS홀딩스 피해자들
민청학련 피해자들
긴급조치 피해자들
가습기 살균제 피해자들

재판을 두고
정치인과 검찰과 경찰이 결탁했다
가진 것 없는 자들
힘 없는 자들은 짓밟혔다

한 송이 민들레꽃이
두 송이 민들레꽃이
세 송이 민들레꽃이
여러 송이 민들레꽃이
그들의 흑막을 걷을 수 있을까

말하라
어디에서 공모하였는지

누구의 사주를 받았는지
너희는 어둠 속에서
생명을 유린하는 사탄들
감추어진 것들은 드러나고
길가 돌들은 소리 지르리라

민들레 전사들이여
법복 아래 감춰진 진실을 위해
싸워라 싸워라

오월의 태양

나는 듣는다
오월의 하늘로부터
뿔나팔소리 고즈넉한 오월의 아침에
나는 바라본다
오월의 하늘에 떠도는 영혼들을

광주의 영령들이여
오월의 하늘은 당신들의 것
피비린내 나는 거리의 함성
총탄을 맞고 쓰러져간 젊은이들
탐스런 머리타래 끌려가
죽임을 당한 그 날
오월의 하늘이여
무엇을 보았는가
죄없는 이들을 죽이는 살육의 땅에서
하늘의 다문 입 사이로
터져나오는 빛의 맨발들이여
저 무엄한 어둠을 밟아라
부정한 권력에 방아쇠를 당겨라
오월의 태양은
죽임 당한 이들의 넋

꺼지지 않는 불길 되어
불의를 태워라
부정한 권력을 태워라

오월은 주권자의 달

오월은 주권자의 달
오월의 하늘은 그들의 것

빛은 빛대로
잎은 잎대로
바람은 바람대로
새들은 새대로
인간은 인간대로

빛나고
흔들리고
불고
날아가고
살아가는

오월은 주권자의 달
오월의 하늘은 그들의 것

안개

겨울비로 젖은 대지에
너는 하늘로 오르려
발버둥질하다
하늘과 땅 사이
물기둥을 세웠구나
흐르지 않고 분사된
흰 물방울이 칠해놓은
물기 머금은 수채화
그 종이마저 툭툭 터질듯
찢어지는 환상 속에서
너는 듣는가
미명의 습기에 젖은 솜사탕이 녹아
한없이 잠기는 아파트촌
그 아래를 뚫고 지나가는
빈 수레를 끄는 손이
등과 허리가 굽은 공허를 끌리라
도시는 거룩한 침묵에 잠겼음에도
역사驛舍에서 빈 상자를 펼쳐 깔고
누더기를 뒤집어쓰고 드러누운 채
깊은 잠에 빠진 노숙자들
그 머리카락에 내려쌓이는 안개의 발들

그가 숨 한 번 쉴 때마다 무작스럽게 짓밟는다

그 때의 우리들은 어디로 갔나

그때의 우리들은 어디로 갔나
스크럼 짜고 경찰에 맞서 나아갔던 우리들은
손에 아무것도 들지 않고
방패 들고 철투구 쓴 전경을 향해 나아갔던 우리들은
공권력을 불러들인 학교를 원망하며
그 때의 학교 재단은 갑
학생은 을
더운 여름에는 양산을 받쳐 들고
그 안에서 침묵으로 저항하며
밀려들어갈 때
너희는 무참히 이십대 여대생들을 짓밟았다
군화발로 곤봉으로 철방패로
아름다운 머리채를 움켜잡고 끌고 간 너희들은
사정없이 옆구리를 차곤했다
최루탄이 터지면 뿌연 연기에 싸이고
파편이 길거리에 튀었다
눈에는 흐르는 눈물
숨 쉬기 힘든 코를 쥐고
우리는 달아나거나 저항했다
비 오는 날엔 더 처절했던 우리들의 싸움
교수들은 뒷짐진 채

학교와 우리들의 간을 보았다
우리는 장마비와 학교의 간을 보았다
비가 그치면 최후의 일격을 가할 채비를 했다
학교는 비가 잠시 그치는 소강상태를 간 봤다
소리 없는 싸움이 긴 장마를 무너뜨렸다

한여름에 옥탑방 사는 형제를 생각하다

-대림역을 지나며

없는 사람들은 이 더위에 옥탑방에 산다
차를 달리다 사고가 났다
사고처리를 카드로 결재했다
그걸 갚기 위해 옥탑방에 세들었다
이글거리는 햇빛이 지붕에 쏟아졌다
삼십대의 음악가는
베이스의 낮은 음으로 가라앉는다

왜 사람들은 이 불공평에 대해 말하지 않는가
일 프로의 사람들이 부를 거머쥐고 있다
사람들은 불공평하다고 생각하지 않는 건 아니다
그들은 머리가 나쁘지 않다
그들은 눈감기에 비겁하다
그들은 가졌기에 완고하다
그들은 게을러서
많이 모우지 못했다고 자책했다

8.15의 아침에

만수대 아름드리 벚나무가
도끼에 찍혀나간다
식민의 나무가 쓰러진다

줄줄이 꾀어 조리돌림 당하거나
똥장군 지고 평양 시내
일본놈들 돌리고 돌린다
40여 년 압제
연자맷돌에 돌리고 돌린다

꿈을 꾼다
남녘 하늘 펄럭이는 성조기
찢기는 그 날
사드 가고
평화의 파랑새떼
하늘에 날아오른다
72년 제국 통치
갈갈이 찢고 쳐부순다

* 이 시는 김○○신부님께서 어린 시절 평양에서 겪은
  광복절날의 기억을 바탕으로 쓰여졌음을 밝힌다.

전두환 구속상

-2020년 겨울 광화문광장의 투쟁에서

코로나에도 지지않고
서울시의 철거 명령에도 굴함 없이
우리는 간다 싸운다
전두환과 그 일당이 심판 받는 날까지
시민의 이름으로

5.18 40주년 역사에 빛날
광화문 전두환 구속상 지킴이
광화문 전두환심판국민행동 시민본부
사수하며 간다

동지들이여
흔들리지 않게
단일대오로
80년 5월 광주항쟁
역사 왜곡하는 무리들
5공적폐 청산하는 그날까지
시민의 힘으로
우리는 이루어내자

전두환구속상 만든 이도

5.18 제 단체들도
시민의 뜻 받들며
끝까지 싸우라!

집어치워라
전두환이 늙었다고
늙은 전두환 심판해서 뭐하냐고
누가 헛소리하는가
망월동 묘역의
이름 없는 열사들의 목숨이
우리의 양심을 일깨운다
우리의 정의를 세운다

집어치워라
전두환과 그 일당이
재판 받고 감옥 살았다는 소리
29만원짜리 할배
골프채로
구속상 머리 때리는 날
오기 전에
먼저 쳐들어가자

그 집 앞을 오가며·1

전두환씨
당신은 뭐가 그렇게 당당해서
경찰의 호위를 받으며
높다란 담장에
넓은 정원과
번쩍이는 차고문을 가진 집에서 사나

서울역에 가보라
박스를 깔고
찬 바닥에 누워
헌 이불과 두꺼운 옷에 감싸여
드러누워 있는
한 남자는
한 사람도 죽인 적 없다
아무도 죽이지 않은 이 사람은 내몰려
노숙하지만
전두환 당신은
수많은 사람을 죽이고도
몇 채의 집과
검고 빛나는 세단을 지니고
오늘도 일당들과 모의하고 있구나

쿠테타를 해도
사람들을 죽여도
역사를 왜곡해도 건재한 전두환
당신이 있는 한 정의는 이 땅에
꽃 피지 않는다
나쁜 일을 한 사람이
잘 사는 걸 보면
양심 지닌 이들은 씁쓸해져서
묻곤 하지
신은 있느냐고
법은 누구를 편들고 있냐고
그 집 앞을 오가며 묻곤 하지

그 집 앞을 오가며·2

그의 집 앞에서 서성인다
어쩌면 전두환 당신은
죄를 짓고 깊이 숨어
시민들이 외치고 외쳐도
답변이 없나
굳게 닫힌 나무 대문을
주먹으로 두들기면서
물어본다
전두환씨
오늘이 무슨 날인지 아는가
당신이 인민을 무시하고
총칼로 하나회 악당들과
정권을 찬탈하던 날
12월 12일이다
40년간 이 날은 지나갔지만
아직도 높은 담벼락에다
굳게 내려진 차고의 문만
시민들의 마음을 후벼파고
광주의 영령들과
5.18 피해자들의 울음이
들려온다 이 날은

해마다 12월 12일이 오면
어김없이 시민들은
당신의 집앞에서 목청껏 외치지만
그들 앞에 무릎 꿇고 사죄한 적 없는
전두환 당신은 죽어서야
관으로 이 대문을 나와
시민들의 욕을 얻어먹으면서
그래도 국립묘지에 안장되려 하는가
어림없는 꿈 꾸지 말라
역사는 기록할 게다
당신이 대문을 걸어나와
사죄하지 않더라도
역사는 기록할 게다
12.12군사반란은
전두환과 신군부의 쿠테타라고

12.12군사 반란의 날
-전두환의 집 앞에서

궁정동에서
김재규의 총탄에 쓰러진
똥별 박정희가 가고나니
누가 들어왔느냐
인민의 뜻을 거스르고
누가 들어왔느냐
전두환과 노태우
하나회 일당들
최규하를 끌어내리고
전국에서 항거하는
깨어난 시민들을 탄압하더니
급기야 탱크를 몰고
하늘엔 헬기를 띄워 기총 난사
광주의 도청과 금남로를
피바다로 물들인
민족의 역적들

인민들은 피의 역사에 갇혀 울부짖었다
그런데도 너희들은
버마 아웅산 사건
김포공항 폭발 사건

KAL858기 폭발 사건을
어떻게 공모하였느냐
역사 앞에 사죄는 않고
은폐와 왜곡으로
눈과 귀와 입을 막으며
80년대 서울의 봄을 짓밟았다

누가
경부고속도로
88올림픽을 찬양하는가
그 도로엔
그 돔엔
박정희 총동원체제에
부역 당한 부모들과 학생들
착취 당한 노동자와 농민들
파월 장병들 전투수당을 가로채고
70여년간 분단의 장벽을 만들어
동족에게 총부리를 겨누고
미군의 캠프를 차려놓고
똥별들은
그들의 고물 무기
혈세로 사들이고

내 나라 사람들에게
탄저균 실험을 하는
미국놈들 봐주고 봐주더니
금수강산 오염시키고 파헤쳐
경제성장이라고
자본가와 결탁하여
이 땅과 인민을 먹어치우곤 했다

게걸스런 똥별들이
총들고 지키고 있던
한반도의 허리는
철책에 찔려 피가 흐르고
사람들은 죽어갔다

이제 우리는 쳐부수겠다
저 똥별들의 역사를
인민을 분단의 감옥에 처넣고
저희들끼리 권력을 차지하고
인민의 목에 고삐를 채워
채찍으로 때리며 다스리고
부려먹던 시대를

이승만과 똥별들
미제놈들이 인민을
가두리 양식한 반공주의는
지금도 살아
저 한민당 아류들이
궁지에 몰리면 들고나오는
빨갱이 몰이
간첩 조작 사건들

우리는 쳐부수겠다
70여년간 국가보안법
사상의 감옥에 처넣어
인민을 개 돼지로 먹인
짐승들의 우리를 쳐부수겠다

똥별들의 역사는 가라
전두환과 그 일당들은 사죄하라

조망권

한반도 지도를 본다
그 중에 삼팔선 이남을 본다
답답하다
그러는 중에도
강남이니
팔학군이니
명품 아파트니

멋대가리 없이 죽은 아파트가
멋대가리 있는 산 풍경을 잡아먹고
너네들만
살아있는 산 풍경
살아있는 강 풍경
잡아 처드시고
조망권이니 서로 싸워대면서

래미안이니
푸르지오니
타워 팰리스니
유럽풍 아크로 리버파크니
명품 아파트에 사는 명품 인간들

한강 전망에
2억씩 뛰어오르는 명품 아파트들

아파트회사는 땅을 사서 아파트를 올리고
입주자들에게 분양권 넘겨주고
막대한 돈을 받고 영구관리한다

아파트회사는 지불하지 않는다
강과 산의 조망권에 대해
누가 빼앗겼나
그들만 누리는 조망권
시민들은
은빛 구름을 담은 하늘을
그들에게 판 적이 없었다

찌라시 기레기

천영우는
일본 우익지 요미우리에다
정의연 투쟁을 날조하여 인터뷰하시고

야후재팬에서
위안부 투쟁
비웃고
조소하니
기레기들 번역하여
내려쓰시고

내려쓰시고
내려쓰시다가

오호라
이제야 알겠군

그들끼리 짬짬이
잘들 해 봐라

민중의 죽창이

내리친다
내려쓰시는
기레기 쓰레기 기레기 쓰레기
찌라시 기레기 찌라시 기레기

칵 뱉어라 가래를
찌라시들에게!

네바다 네버 다이

미연방에
정의의 깃발을 꽂으면
아메리카 인디언이 튀어나온다
라틴계 유색인종이 튀어나온다
아프리카에서 종으로 팔려온
흑인들이 튀어 나온다
유대인들도 손을 들었다는 황색인종
한국인들이 튀어나온다
미연방을 움직이는 백인종
메이 플라워호는
말씀의 성의 속에
총칼을 숨기고
인디오들 땅을 빼앗고
네바다주에 유폐시켰다
네바다 네버 다이

유대인들 금융자본가
로스찰드
록펠러
.

.

미제와 손잡은 유대 자본가
전 세계에다 구멍을 뚫는다
거기에다 빨대를 꽂고
민중들 피를 빨아먹는다

아메리카 민중들이여
단결하라!

누구 거냐

솔직히 말하자
저 마천루 롯데월드타워가
누구 거냐
아무리 멋져보여도 롯데 거다
발을 딛고 섰는 곳
국유지 시유지 빼고
모두 누구 거냐
거긴 모두 남의 땅
우리는 늘 남의 땅을 밟고
빌리고 세 들어 살다가
어쩌다 화려한 자본주의
장식물을 보면 눈이 돌아가지
내 것도 아닌 저것에
야유 대신 매료되어
저 바벨탑에 오르려다가
떨어지는 자본주의
대기업의 브랜드 아파트
현대 아파트
래미안아파트
푸르지오
아크로 리버사이드

둥지는 어디에 가고
물건으로 거래되는
인간의 집
가족의 사랑을
여기 저기에
되팔고 되사다
둥둥 떠다니는 둥지
새들은 죽어도 둥지를
옮기지 않으나
인간은 달팽이처럼
집을 등에 지고
여기 저기
느리게 기어간다

하나금융에 먹힌 타이거 월드

하나금융 김승유는
짜웅도 참 잘 하지
어떻게
금감원과
금융위원회와
금앤장과
검찰과

짜고 짜고 난 뒤에
중소기업 타이거 월드를
처먹었지

먹힌 타이거 월드 사장은
수 년을 사법투쟁하고 있지 지금도!

김승유는
눈도 깜짝 안 하지
왜 안 하냐고
금감원과 금융위원회가
검찰과 금앤장의 호위를 받고
돈 한 푼 안 들이고

진상 마련해 처잡수라고 하고
타이거 월드에다
증여센가 뭔가를
수백억원 처물렸으니

하나금융이 둘금융 되어
우리금융 되면
민중들 재산
다 처먹히나
타이거 월드보다
더 기운 센 하나금융

댐·1

발전소는
발전한다고
발전한다고

댐은 식충이
마을을 먹고
큰물을 먹고
나무도 풀도
다 잡아먹다가
소화불량 되면
발전한다고 토해서
논도 밭도
순한 가축도
부지런한 사람들도
수장시키는 날도둑

발전소가
발전한다고!
발전한다고!

댐·2

여름은 혹독하다
땀도 빗물처럼
빗물도 땀처럼
그렇게 흘러 내렸다

약한 심장에
흐린 하늘이 깃들어
마음은 모대기는데
그래도 궁금해지는 건
이웃의 소식들

오래고 혹독한 장마에
순한 소가 떠내려가고
수문 열어둔 댐에 들어가
인공수초섬 구하려다
떠내려간 비정규직 노동자들
다급한 통지에
겨우 여벌 옷 하나 들고
집을 뛰쳐나온 마을 사람들
댐에서 방류한 큰물이
집이며 들을 삼킬 때

댐은 살고 누가 죽는가
큰물을 먹었다가
위장이 터지는 댐
사람과 가축들은 죽어간다
그래도 댐은 웃는가
발전한다고

제3부

빨갱이

빨갱이·1
-국가보안법철폐 집회에서

집회 후 현수막를 들고 행진했을 때
태극기는 말했다

저 빨갱이들
경멸과 욕설을 들으며 나아갔다

내 몸을 내려다 보았다
발끝부터 무릎으로 물들기 시작했다
가을 단풍이 들어
더욱 선명해지고 있었다
문득 짙은 우울과 자폐가 걷혔다

한 노인이
단풍잎 끌고가는 우리들에게
주먹질을 해댔다

빨갱이는 태극기에게 맞아도 빨갛게 멍들게다
가짜 빨갱이는 성조기에게 밟혀도 붉게 짓이겨질 게다
진짜 빨갱이는 욱일기에게 붉은 화살을 맞아
심장에서 피가 쏟아졌을 게다

빨갱이·2

나는 빨갱이였던 적이 없다
누가 나한테 빨갱이라 하면
나는 으쓱할 게다
나는 빨갱이가 될 수 없다
발끝에서 머리끝까지
자본의 붕대를 칭칭 감고
절뚝이면서 걸어 다녔으니까

나는 빨갱이였던 적이 없다
누가 나한테 빨갱이라 하면
나는 으쓱할 게다
나는 빨갱이가 될 수 없다
발끝에서 머리끝까지
반공주의의 수의를 입고
관 속에 넣어졌으니까

뿔갱이
빨개이

그 이름도 높은 빨갱이
내가 도달할 수 없는

빨갱이·3

얼마나 우려먹었으면
색깔 없던 게 빨개졌을까

분단된 조국의 이남에
붉고 붉었던 빨갱이들
산 사람을 구덩이 파고 묻고
총살 시키고
꺾고 꺾어도
봄이면 피어나는 진달래
삼천리 붉게 물드는 진달래 전선
여전히 이상 없는 전선

얼마나 우려먹었으면
색깔 없던 게 빨개졌을까

빨갱이·4

숨죽이고
억울하게
지하에서
산에서 잡혀
재판 없이
포승줄에 묶여
사형장에 이슬로 사라진 빨갱이

서대문형무소 사형집행장
두 그루 미루나무는
바람부는 날
서로 마주보며
목매어 울부짖는다
목매어 울부짖는다

빨갱이·5

아버지는 빨갱이였습니다
그러니 나는 빨갱이 자식이었습니다
흑인병사가 낳아놓고 간 자식처럼
나는 이 땅에서 버려졌습니다
버려진 나는
연좌제에 꽁꽁 묶여
태질당하거나
발가벗겨
십자가를 지고
분단의 골고타 언덕 너머로
피 흘리며 죽어갔습니다
미제놈들 간악한 덫에 걸려
동족이 고발하여
동족의 손에 죽어갔습니다

자유민주주의 씨발이다!

빨갱이·6

나는 자유로운 빨갱이
빨간 모자를 쓰고
빨간 가방을 들고
빨간 코트에다
빨간 구두를 신고
남녘과 북녘의 경계를 넘어
빨간 모자처럼 걸어가지
늑대를 만나면
이젠 안 속아
절대 안 속아

나는 자유로운 빨갱이
양갈래 머리를 묶고
빨간 치마를 입고
빗자루 타고 종횡무진으로
산 넘고
바다 건너
휭휭 나르는 나는
즐겁고 앙증맞은 빨갱이 삐삐
가는 곳마다
한 송이

두 송이
붉은 꽃 피워
먼저 간 님의 영전에 바치며 가는
나는 자유로운 빨갱이
이념도 사상도 넘어서
무위의 빨갱이
누가 나에게 빨갱이라 손가락질하면
나는 하늘로 날아오를거야
빗자루 타고
횡횡 바람소리 내면서

빨갱이·7

그 속에는 무지
그 속에는 편견
그 속에는 만심慢心
그 속에는 무관심
그 속에는 부자유
그 속에는 억압
그 속에는 탄압
그 속에는 테러
그 속에는 반공
그 속에는 힘
그 속에는 총
그 속에는 목숨
그 속에는 감옥

그 속에는 흐른다
　　차
　　　가
　　　　운
　　　　　늑
　　　　　　대
　　　　　　　의

피
가

빨갱이·8

연일 내리는 비에
해 안 나오는 하늘에
비는 감옥 창살 되어 내린다
축축하게 젖은 방바닥에
천정에서 물이 떨어진다
얼마나 원성을 퍼부어 대었으면
마음에 금이 가서 빗물이 스몄겠나
어딘가 대고 손가락질하면
화는 빗방울 되어 튀어 오른다
긴 장마에 우울은
먹구름으로 무겁다
산은 비안개에 싸여
홀연히 가버린 텅 빈 마음에
길고 긴 장맛비는
쇠창살 되어 가두는구나
검게 흐린 날에
빨갱이는
그 시절의 감방에서
쇠창살 사이로
부딪치는 빗발에서
모대기는 마음을 다잡는다

스스로 깨어져 산란반사하는
한 방울의 빗방울이
눈으로 들어와 심장이 뛴다

가택연금

길고 긴 장마에
나는 가택연금 되었네
하늘은 시커멓게 흐리고
선풍기는 매가리 없이
날개를 돌린다
어쩌다 이런 가택연금이 생겼나
모대기는 마음이
매란없이 입은 상처로
하루하루를 이어가는 생활에
조선의 영화에는
이름 없는 영웅들이
15분의 시간에다
전생애를 걸고
동지를 구하다
미제의 총에
심장을 맞아 쓰러진다
어두웠던 시대에
혁명을 꿈꾸던 자들의 넋에
비가 내린다
그 비는 울고 운다
피흘린 역사의 한 순간에

한 줄기 햇살처럼 사라져간 이들
그들을 위해 장대비는 퍼붓는다
마구 퍼부어 울분이 풀어질 때까지

비

조선의 하늘에도 비가 내린다
남녘의 하늘에도 비가 내린다
공평하게도 내린다

조선의 산에 나무가 자란다
남녘의 산에 나무가 자란다
비를 맞고 자란다

조선의 땅에 빗물이 스민다
남녘의 땅에 빗물이 스민다
빗물이 도랑물이 되고
시냇물이 된다
산골짜기 계곡물이
서둘러 내려와
도랑물과 시냇물을 달리게 한다
달리고 달려서 큰 강으로 들어간다
바다에 이른 강물이 춤춘다
조선의 물과 남녘의 물이 만나
대방창*으로 목청을 돋군다
거대한 생명의 파도가 일어서서
기립박수를 친다

뜨겁게 뜨겁게

* 방창은 조선의 〈피바다〉와 같은 가극에서 무대의 보이지 않는 곳에서 사건을 이야기해주거나 인물들의 심리를 합창 노래로 하는 기교이다. 조선은 〈피바다〉식 가극에서 방창을 도입하였다.

브레히트 연극에서 전통의 노래를 삽입하여 소격 효과를 의도한다. 일본의 고전 연극 노오에는 지우타이라는 게 있는데 지우타이는 무대 위 측면에서 열을 지어 정좌로 앉아서 부르지만 방창은 부르는 이들이 무대의 뒤에 있어 관객이 볼 수는 없다는 점이다. 방창은 주인공의 내면을 노래하거나 사건을 이야기해줄 때는 섬세함을 절정이나 결말 등에서는 웅장함을 느끼게 한다.

동강 나루터에서

아무도 망 보지 않는 가택연금
비는 연일 내리어
우울이 두껍다
검은 옷을 입은 우울은 진하다
원치 않는 이 옷을 벗고
나는 나간다
아무도 망 보지 않는
가택연금이 스스로 풀린다
빗방울이 도란도란 이야기한다
나도 한 마디 거들어본다
그저 비오는 날에는
한 장의 파전에다
막걸리 넉두리에
걸지게 소리내어 웃으면
우리들 앞에 부글부글 끓는
동강 나루터에서 잡은
게와 메기도 푹 끓여져
속풀이 하는 저녁의 한 때가
동지들 가슴을 울게 한다
젓가락 장단 없이도
멀리서 들려오는

동강 아우라지
님 기다리는 여인의 마음도
시름길 건네주는 뱃사공의
아우라지 한 목청도
동강물에 구비구비 풀리고 풀려
단종애사에 얽힌 역사도
소에는 깊이깊이 가라앉듯
갈앉았던 목청도
창창해지네
창창해지네

장맛비

어둠이 며칠을 잡았다 해도
장마비가 길고 길었다 해도
나올 때는 나올테지
한 줄기 햇살을
끌고 오는 푸른 하늘
저 하늘에
오늘은 기대어 본다
내리던 빗줄기에
잎을 떨군 남새에도
나무에서 떨어진 과실에도
넘친 강물에 물 든 벼논에도
다시 일어나라고
다시 일어나라고

겨울의 오후

그리운 이는 어디에서 서성일까
빌딩숲을 빠져나온 해처럼
황량하고 차가운 바람부는
거리를 걷고 있을까
해가 그리운 그림자가
자꾸만 희미해져 가는 겨울의 오후
차들이 메마른 포도를 달리고
두꺼운 옷에 몸을 묻은 거리의 사람들은
추위로 이를 꽉 문다
달걀 후라이 하나 퍼져버린 하늘가에
기러기 편대들은 어디를 가는가
인간의 시간은
얼음을 깨지 못한다
인간의 한숨이
나뭇가지에 걸렸다 휘돌아가는
오후에는
푸석푸석한 마음에 햇살이 쏟아져라
당신도 거기에서 목수건 휘날리며
뛰지 않아도
종탑의 종은 울리고
시계탑의 바늘은 움직이리라

광장을 칼로 치는 바람이여
몰고 온 풍문들을
진정 당신은 듣고 있는가
가슴에 이는 분노도 사그라들고
한 사람이 다른 한 사람에게
손을 잡는 그 날
광장의 소리는 금속성을 지우며
둥근 분수대에 머문 한 마리 새가 되어
무얼 생각하느냐
우리의 미래를 여기서 말하지 말자
과거도 현재도 교차하는 이곳에서
한 마리 소가 힘겹게 역사의 수레바퀴를 끈다해도
그 짐을 감당 못할
어제와 내일이 비처럼 내리고
우리는 수없이 천막을 치고 또 쳐도
저 가 닿을 수 없는 자본의 마천루와
그 위에 올라앉아 결탁하는
정치권력
공권력
언론권력의 손들을 끊을 날 오리라

다시 바람이 불고
눈이 내렸다 하여도
저 태양이 수없이 뜨고졌다고 하여도
마음은 늘 그 자리에 있는 것
겨울의 청동 유리 표면에
부딪쳐 미끄러져 내리는
수없이 많은 바람의 입자들이여
그 입자에 머문 사람들의 마음이여
하나의 모나드가 되어
하나의 눈동자에 박혀
오랫동안 빙글빙글 돌아라
그 눈들은 보고있다
그 눈들은 보고있다
그리운 그 사람이
사람들의 마음을 묶어
드넓은 광장이
다시 타오르는 촛불의 바다가 되어
저 간고한 욕망들의 빌딩과
거기에 결탁한 부정한 권력의 방파제를
사납게 부딪치는 파도가 되어 부술 날을

아카시

식민의 이빨 아카시나무꽃
일제의 탐욕을 부르는 꽃
조선땅 소나무 참나무 베내고
심었다는 가시나무
뿌리가 온 땅에 뻗어 숲을 망쳤다네
재목도 못 되어 아궁이로 들어갔다네
조선쌀 거두어 가
배고픈 아이들 저 꽃을 씹었네
어머니들 베적삼 밑에 흐르는 피땀이여
한으로 가시 돋힌 꽃이여

하얀 꽃 이파리 눈송이처럼 날리네
서정의 잇몸으로 감춘 제국주의의 가시
칠천 만 겨레의 가슴 찔렀다네
피냄새 나는 아카시

미국 제국주의 이빨에
반도가 물렸네
물려 반 토막 나
피가 흐르네
성조기에 그려진 별
아카시 이빨 닮았네

리좀

반도의 이남을 본다

제주 강정리
부산
진해
군산
예천
대구 K2
소성리 사드
평택 대추리
의정부
동두천
DMZ

아름다운 나라의 육해공군은
네그리의 『제국』에 나오는 리좀
구멍을 뻥뻥 뚫어
생매장하고 있구나

토마호크 미사일

인디언들의 도끼 이름을 딴 토마호크
사거리 2500키로미터
고도 수백미터로
낮게 날아다니며
산으로
지평선으로
제 몸을 가리며
느리게 나는 도끼는
세계를 유린하였다
함정에서도
잠수함에서도
발사할 수 있다는 이 놈은
미국이 만들고
일본제 부품을 접해서
대가리에는 카메라를 달고
요격할 곳을 찾아
요리조리 피해 다니며
목표물에 다가가면
사진을 찍어 확인한 후
450키로짜리 폭탄
한 개로 터트리던지

작은 폭탄 여러 개로
때려부수던지 한다는 못된 놈이다
관성항법장치에 따라
끝없이 오차를 수정하면서
잘도 가는 이 놈은
누구의 머리에서 나온
인간을 때려잡은 도끼인가
머리 좋은 놈들은
인간 백정 미국놈들 편에 서서
오늘도 최신형 무기 만드느라
설계도면 보면서
높은 봉급에 제 일신 위하면서
힘 없는 나라
말 안 듣는 나라
신자유주의 질서에
맞서는 나라들을
저공 비행하면서
목표물로 향하고 있지

한미합동군사연습
날아다니는 도끼로 찍어내자

그랜다이저의 꿈

우리는 통일된 조국에
살 권리가 있다
그 권리를 빼앗긴 채
70여 년을 살았다
허리가 잘린 채
피 흐르는 반도에

주먹대장 똘이의 시대는 가고
그랜다이저 변신 로봇의 시대는 오고
마징가는 합체되지 못했다
마징가는 짱가를 데리고 나왔다

미국은 일본을 우산 씌워
반도의 숨통을 조른다

오키나와
동두천
미제는 캠프를 세우고
빨대를 꽂는다

기운 센 마징가의 시대는 가고

슈퍼맨이 돌아왔다
바람에 목수건을 날리며
슈퍼맨이 돌아왔다
땅 위에
슈퍼맨은 유포했다
미국식 자유와 정의를

남과 북은 울었다
남과 북은 바란다
남과 북은
머리와
가슴과
배와
다리가
한 몸뚱이로
합체를 꿈꾼다
변신 로봇 그랜다이저가 되어
악당 슈퍼맨을 무찌른다

우리는 통일된 조국
남과 북 어니에도
옮겨갈 권리가 있다

그 권리를 빼앗긴 채
70여 년을 살았다
허리가 잘린 채
피 흐르는 반도에

산 사나이의 오월

녹음이 짙으면
그 사람이 내려와요
털북숭이 그 사람이 내려와요

동짓달 긴긴 밤
그리움에 사무친 그 밤에
하늘에 뜬 달에다 빌었지요
잎 진 산에서 토벌대를 피해
바위와 동굴로 그 사람을
숨겨달라고요

수십 일 산길을 걸어
지리산에서 태백산으로
태백산에서 일월산으로
수백리 산길을 걸어서 내려와요
붉은 참꽃이 지고
연분홍 깨꽃이 필 무렵
지어준 솜옷이 해어지고
말끔했던 머리가 터벅머리 되어도
한 아름 꽃을 꺾어들고
수백길 산길을 걸어 내려와요

녹음이 짙으면
그 사람이 내려와요
털북숭이 그 사람이 내려와요

당신은 그 이름도 높은 남부군 파르티잔

-고 하준수 선생님께 바치는 헌시

당신은 그 이름도 높은 남부군 파르티잔
태평양 전쟁 때 학병징집 피해 숨어든 덕유산에서
73명의 동지들과 결사단체 보광단 이끈 지리산에서
1949년 조선인민유격대 제 3병단 부사령관으로 태백산에서
조국해방전쟁 때는 일월산에서

당신이 오르내린 그 산길
당신을 숨겨주었던 나무숲
당신을 울분케 했던 핏빛 단풍잎
총탄에 쓰러진 동지를 언 땅에 묻으며
봄이면 붉게 진달래 피어 울었지

경남 함양에서 천석꾼 아들로 태어났으나
겨울엔 설피에 감발을 묶고
눈보라 뚫고 적진으로
여름엔 잎새에 듣는 빗방울
적삼을 적시는 땀방울로
일제의 주재소를 습격하고
토벌대와 끝까지 싸운
당신은 용맹스런 조선인민유격대
체포되어 총살형 당했던 그 순간에도

인민공화국 만세를 외쳤다네

당신은 그 이름도 높은 남부군 파르티잔
오월의 맵디 매운 찔레 향기
가지마다 잎들은 동지들의 피로 흘러
그 날의 역사를 기억하고
서른넷 애닲은 청춘의 부릅뜬 눈
오늘은 그리운 조국 산야의 품에서
고이 감으소서
고이 감으소서

화학산에 지지 않는 김용우 별

혁명의 별 하나
1924년 나주 금천면 신방마을에 떴다네

그 별은 일제 말기 전남도당 백운산 지구책
조국해방전 땐 목포시당위원장으로
동지들을 이끌었네
인천 월미도에 미제가 나타난 9.28
반도의 허리 찍어누른 자들에 맞서
불갑산에 들어가 불갑지구책 되어
그 해 2월 20일 적들의 공세에
동지들 잃고 피울음 울었다네

김혁 김용원이라 불리던 김용우 별
슬픔 안고 장흥 유치내산으로 옮겨갔네
불갑산지구 탈환의 꿈은 좌절되었어도
전남도당 제3지구당위원장 되어
바다와 들을 일구어 산 사람들을
다시 일으켜 세운 제3지구당

불굴의 별은 동지들과
4월 20일 화학산에서 적들을 만났네

피의 대학살에 피울음 울면서도
별은 지지 않았네
그 해 여름 도당의 부름 받고
도당조직부장으로
뭇별들과 빛나는 지하활동 했다네

변심한 연락책의 밀고로 체포되어
광주감옥에서 1956년 10월 19일
큰 별이 기울었네
조국해방
조국통일을 꿈꾼
거대한 별은 스러졌으나
그 열정은 뭇별과 잔별에 결합하여
역사에 빛나고 빛나리

구국투사 정철상 선생

구국의 길 가신 정철상 선생님은
1944년 하준수 동지와 반일 투쟁에 나서
조국광복을 맞으셨네
그 기쁨도 잠시
이승만 앞세우고 미군정이 나타나니
선생은 2.7구국투쟁
단선단정 반대투쟁 벌이셨네
포고령 위반으로 징역1년 집유 받으시고
1948년 8월 15일
부산시당 재건위원장 하시다가 체포되어
서슬 퍼런 국가보안법 위반으로 3년형 받고
대전형무소에 갇힌 몸 되셨네

적들의 고문과 구타
이지러진 몸으로
1951년 7월 병보석 출옥하셨네
고문 후유증 안고서도
박판수 선생
고성화 선생과
함께 조직지도하셨으니
1965년 8월 26일 간암으로

고귀한 목숨 조국통일의 길에 바치셨네

우리의 정신에 살아계신 정철상 선생님
그 이름 높이 부르며 그리워 소리칩니다
살아 생전 못 다 이룬 자주 통일
우리 민족끼리 힘 합쳐 이뤄
선생님 영전에 바치겠습니다

선생님은 하늘꽃 되어 계시나
지리산 구비구비 서리고 서린
고귀하신 넋과 행적
길이 후대에 전해져
조국 통일의 길 위에서
수천 송이 꽃으로 피어나리
수만 송이 꽃으로 피어나리

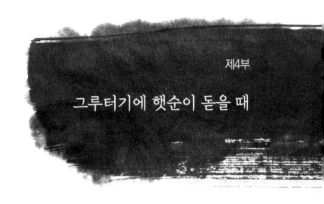

제4부

그루터기에 햇순이 돋을 때

정선 덕산기에서

계곡의 맑은 소리가 부른다
잡아끄는 손길 따라
강가에 앉으면
돌들이 소리를 지른다

마음은 흐르고 흐른다
지나간 쓰라림도
다가올 두려움도
물결이 걷어간다

캄캄했던 밤에도
너의 목숨은 흘렀지
나의 목숨도 흘렀지
우리는 그렇게 흘렀지
흐르면서 우리는 들었지
돌들이 물살에
이리저리 깎이며 굴러가는 소리를

거대한 움직임은
언제나
저 깊은 곳에서 일어남을

믿느냐
보이지 않는 것도 바꾸는
물의 힘을
저 거대한 힘이
바닥을 갈아엎는다는 걸
너희가 믿지 않으면
서 있지 못하리라

가자 동지여
태양이 떠오르는 아침에
가을빛 여울이 든 강을 따라
손에 손을 잡고
어깨를 걸고
무엄한 어둠을 몰아내자
저 준엄한 산의 명령을 따라
시대의 부름에 응답하자
우리들의 도도한 내일을 위해
걸림없는 무위로
두려움을 버리고
나아가자 굴함 없이
민중의 해방과 자유를 위해
나아가자

여기저기서 흘러나오는
동지들의 손을 맞잡고 나아가자
길 없는 곳에 길을 만들듯이
큰 강을 이루어 흐르자구나

동지여
서러운 상처를 품어 갔던 동지여
눈을 떠라
저기 새벽이 오고 있다
통일의 새벽이
노동의 새벽이
정의의 새벽이
자유의 새벽이
참다운 사랑이
우리 곁에서 불같이 타오르고 있다
어찌 거부할 수 있으랴
이 흐름을

우리는 전체이며 하나이다
하나는 전체를 위해
전제는 하나를 위해
우리는 주저할 수 없다

돌들이 지르는 비명 앞에서
우리는 외면할 수 없다
동지여
눈길을 피하지 말자
우리 가슴에
아직도 사랑이 불 타오른다면
우리 가슴에
아직도 한 조각 양심이 박혀있다면
우리는 태워야 하리
억눌린 이들을 풀어주고
제 백성을 짓밟고
가난한 이들을 짓뭉개는 이들을 꺾자구나
정의의 허리띠를 두르고
불의에 맞서 싸우며
그릇터기에 새순이 돋고
그 뿌리에서 새싹이 돋는 역사를
믿는다면
동지여
일어나라
그날에
너의 어깨에서 그의 짐이 벗겨지고
너의 목에서 그의 멍에가 사라지리라

기쁜 소식을 전하는 동지들이여
소리쳐 외쳐라
두려워말고 외쳐라
독수리처럼 날개치며 날아올라라
우리들은 선택된 사람들
공정을 세우고
부러진 갈대를 싸매주며
어둠 속에 앉아 있는 이들에게
빛이 되어라

강화 평화전망대에서·1

나는 한 마리 새가 되리라
꺾인 날개를 펴고
철책선 너머 하늘을 날아
저 말없는 바다를 건너리라

분단을 넘고
미제의 식민을 넘고
민족 분열을 넘으리라

철책선아
너는 거기에 서서
칠십여 년 동안 무얼 보았느냐
바다야
네가 말해 보아라
산들아
들아
말해 보아라
철책선에 찔려 피 흐르는
이 땅의 역사를 이야기하여라

나는

너는
우리는
한 마리
두 마리
무리를 지어
바다 건너 북녘으로
바다 건너 남녘으로
오고 가리라
저 철책선을 걷어내고
다시는 피 흘리지 않고
날아가자구나

강화 평화전망대에서·2

북녘아
너도 칠십 년을 아팠구나
피 흘리는 역사의 굴레에서

이제 우리는 우리끼리
손에 손을 잡고
부둥켜 안고
통고의 칠십 년을 울자

이제 우리는 우리끼리
서로 보듬으며
어깨를 걸고
저 무엄한 미제의
분열과 통치를 부수자
우리의 팔과 팔을 끼고
저 무엄한 압제자들을 몰아내자

우리는 싸워야 한다
우리는 승리해야 한다

강화 평화전망대에서·3

전망대에서
북녘 땅을 바라본다
바다를 건너
봉우리로 불어오는
북녘내가
단절의 70여 년을
통고의 70여 년을
울게한다

한 태양 아래
바다를 사이에 두고
철책이 보초를 서고
서로 적이 되어 총질했구나

누가 우리를 서로의 적이 되게 했나
미제의 분열과 통치
갈라치고
잡도리하는 땅에도
봄이면 뻐꾸기가 울고
겨울에는 눈이 내렸네

저 침묵 속에
고요히 흐르는 바다는
북녘과 남녘 사람들
마음에 흘러들어
길 없던 물길을 내고
통일의 배를 띄우고
다함께
배 띄워라
배 띄워라
노랫가락 부를 날 오리라

밤의 고요 속에
잠자는 북녘과 남녘의 아이들
너희들은 무얼 꿈 꾸느냐
너희의 꿈에는
민족이 하나 되어
자유로운 새들처럼
철책을 넘고 넘어
북녘으로
남녘으로
날아가는 하늘을
꿈꾸어라

저 하늘은
저 태양은
저 바람은
저 별들은
너희들의 것
너희들의 것

교동 들녘에서·1

홀로 무리와 떨어져
가을 들녘을 걷는다
노란 들국을 따는 손이 바쁘다
벼는 가을볕에 누렇게 익었다

간척지 둑을 따라
철조망이 쳐져 있다
풍요롭고 고요한 땅에
나무 대신
그 너머로 바다는
갯벌을 드러내고
말이 없다
두고 온 고향을 바라보며
눈물 흘린 망향의 사람들
이웃들 간에도
북에서 왔다고 말할 수 없던 시절
교동 사람들은 고단했지
바다를 메워 논을 만들어
대대로 벼농사 하며
수없이 벼를 키웠지만
그 쌀을 북녘 가족에게 먹이지 못했네

그 쌀로 떡 빚어 명절 제사상에
올려온 그들은
그저 드러누운 갯벌 너머를 바라보았지
바라보면서
철조망에 찔리고 찔렸지

교동 들녘에서·2

하늘은 푸르고
들녘에는 벼가 누렇다
농로를 따라 황국이 피어있다
그 길을 걸으면
바람이 내게 속삭여준다

북녘에서 온 사람들은
삼팔선 그여 돌아가지 못하고
바다를 메워 논을 만들어 살았어
두고온 북녘 가족이 생각날 때면
낮은 산에 올라가
바다 건너 바라보다 울곤 했지
70여 년을 그렇게 살았다고
예성강과
한강과
임진강이 만나 흘러든
이 바다에는
분단의 눈물이 흐른다
갈 수 없는 저린 마음을
철조망에다 걸어놓고
발길을 돌려야 하는

이 나라 사람들의 아픔도
여기서 멈추지
하늘아
말해 보아라
절규하던 그들의 통고를
상처뿐인 역사에서도
생명의 터를 일구어낸 사람들
교동 들녘은
가을의 고요 속에서
이야기 들려준다

교동 들녘에서·3

가을의 들녘에서
황국을 따는 여인아
이제 삶이 깊어간다

그저 주어지는 건 이 생에 없다
네 삶이 깊어져 가을이 되었듯이
교동 사람들도 깊어졌겠지
철책선을 따라 걷는 사람들
마음이 고통스러울 때
철책선을 따라 걸어보아라
너의 찔린 가슴과
나의 찔린 가슴이
마주 하는 곳
우리 함께 찔려
눈물의 바다를
밤새 이루었지
여기 교동에 오면
너와 나 사이의 철책도
무너지겠지
너를 자르고
나를 자르고

철책이 뽑혀 나가겠지
너의 고통을 헤아리고
나의 고통을 헤아리겠지

황국을 따는 여인아
오늘 너는 무엇을 땄느냐
철책 쳐진 마음에
한 잔의 황국이
다시 피어오르면
우리 마음에도 꽃이 피겠지
핏물이 찻물이 되어
너와 나의
우리의
가슴에도
한 송이
두 송이
통일의 꽃이 피고
차가운 가슴에
내려앉은 가슴에
눈물도 흘러
저 말없는 바다로
흘러가겠지

교동 들녘에서·4

내가 밟은 이 길은
네가 밟은 이 길은
우리가 밟은 이 길은
철책선 따라 난 이 길은
어디로 나 있느냐
바다로 나가다가
철책선에 막혀
꺾어지는 이 길은
어디로 나 있느냐

나는 꿈 속에서도
걷고 걷는다
저 바다로 난 길을
어김없이 곧장 걸어
갯벌을 지나 걷는다
북으로
북으로

교동 들녘에서·5

가을이 깊어진다
교동의 가을이 깊어진다
분단의 역사는 깊어져
한 아이가 노인이 되었네
칠십 노인이 되었네
백발이 가을 바람에 날리고
얼굴에 잡힌 주름
골골에 피맺힌 기억이 잠잔다
구부정해진 손가락 끝이
아직도 뜨거운데
쓰다듬어 줄
네가 없구나
두고 온 첫 여인아
두고 온 첫 여인아
저 황국을 따는 여인이
들녘의 환상으로
너라면
다가가 고백하리라
한 송이
작은 황국을 꺾어
님의 고운 손에 바치리라

교동 들녘에서·6

푸르른 하늘을 이고
북에서 온 사람들
삼팔선이 그여
돌아가지 못한 사람들
수십 년 바다를 막아
간수를 민물 받아 빼고
논을 일구었던 사람들
밭을 일구었던 사람들
그 사람들은 노인이 되어
북녘을 그린다
말없는 바다 건너를 바라보며
가을 바람에 묻어나는
벼 냄새
황국의 향기
바다로 들어가는
조강의 물내를 맡으면
오늘도 연백평야에서
바람은 고향내를 실어와
코끝으로 스치운다

빨갱이 색출

구덩이를 파고
수십 명의 사람들 몰아넣고
피묻은 땅에는 피냄새
숨죽여 산 70여 년
기억의 어두운 구렁이 깊어져
가슴에 똬리 트는 이 땅에는
사시사철 새싹이 돋고
꿈처럼 자라나 열매 맺지만
고향은 꿈길에만
길 없는 길이 환상 속에
나타났다가는 지워지더니
북풍이 불면
차디찬 얼음이
가슴에 들어차
서걱대는 밤
길고 길어
이 들녘의 풍성한 가을도
자취를 감추고
그저 문 밖 작은 소리에도
가슴 졸이는 날들은
철조망에 찔려
아직도 피가 흐르고 있구나

고독한 가운데

한 사나이가 곡식 자루를 메고

긴 그림자 이끌고 들길을 걷는다

남루와 더불어

쫓기듯 잰걸음으로

어디론가 사라지는 사람

그는 얼마나 많은 씨앗을

가슴에 품었을까

부질없는 영상 속 사내는

바다를 건너지 못하고

총에 맞았을까

바다에 이르기까지 난

그 길을 따라간 사내는

어떻게 되었을까

찬 바람 부는 겨울밤에

교동 들녘에서·7

교동 들녘에 오면
사랑이 피어 오른다
그 사랑은
철책으로도 막을 수 없다
다급하게 피신한 이들
대대로 아이를 낳고
바다를 메워 논밭을 일구어
생명의 벼를 심은 곳
저 철책이 총칼로 막고 서 있어도
저 철책이 눈을 부릅뜨고 감시해도
저 철책이 두고 온 가족을 잊게 해도
이 땅의 사람들은 심고 심었네
생명을 이어나갈 볍씨를 뿌리고
분단의 통고에 눈물의 파씨를 뿌리고
그 벼가 누렇게 익으면
북녘 조상 위해 제를 올리고
그 파가 퍼렇게 자라면
통일을 막는 자들에게
시퍼런 칼을 들이대고
대대로 살았다네
대대로 살았다네

농사를 지으며
하나 될 날의 희망을 뿌리며
봄에는 밭을 갈고
가을에는 거둬들이며
포기하지 않고 싸우며 살아남았네
저 무엄한 미국 제국주의가
철조망을 우리 땅에 둘러쳐
그 울타리 안에서
의정부 동두천 대추리 강정마을에다
캠프를 쳐놓고
밤이나 낮이나
무기들 앞세워
전쟁연습 하고
범죄를 일으켜
그 클럽에서 흘러나온
값싼 문화로
주둔지를 타락시켜
이 땅을 더럽혔네
방위비를 부담시키고
조선과 중국을 정찰하려
사드 배치 추가 배치
소성리 사람들의 터전을 강탈한다

우리는 걷고 싶다
바다로 난 길을 따라
단일대오로
철책 앞에서
비겁하게 꺾여 돌아 걷지 않고
곧장 무리 지어 걸으리라
우리가 저걸 부여 잡으면 감전되거나
총알이 날아온다 해도
우리 몸이 감전으로 시커멓게 타고
총에 맞아 피를 뿜더라도
그 몸이 구멍 난 너덜광이 되더라도
죽는 그 순간까지 부르짖어야 하리

조국 통일 만세
조국 통일 만세

교동 들녘에서·8

가스가 들판 들지기여*
오늘은 태우지 마라
내 님도 숨어있고
나도 숨어 있으니

들이 나를 숨긴다
나는 들에 숨는다
설레는 나를 찾는다
들지기는 불을 놓는다
나는 탄다
내 연인과 함께
한 세월 활활 탄다
분단의 아픔도
목숨의 질김도
죽음마저도 삼키는
불의 혀에 말려
나는 탄다
너는 탄다
우리는 탄다
불타는 사랑으로
목마른 사랑으로

가을의 들녘에서
가장 풍성한 대지의 고요 속에서
저 철책의 삼엄한 감시에도
넝쿨식물 가지 그늘에서
나의 삶이 탄다
너의 삶이 탄다
우리의 추억이
한 알 한 알 탄다
피묻은 기억도 타고
주림의 기억도 타고
오 대지는 나의 무덤이 되어 주려느냐
사랑하는 사람은 사랑하다 죽는다
사랑하면 죽는 줄도 모르고 죽는다
사랑의 온도는 뜨거운 줄도 모르기에
그렇게 활활 탄 이들이
교동 들녘을 지키며 살았네
그러나 강렬한 사랑이
벼이삭으로 영글고
혼들이 별 되어 반짝였다 해도
눈 하나 까딱하지 않는 제국주의
부럽뜬 그들의 가슴에는
사랑이 없다

그들의 정의와 평화는 거짓이다
더러운 미제식 정의
더러운 미제식 평화
낙원을 침범하여
탱크를 나무 그늘에 숨겨두고
아름다운 산호초에 잠수함을 숨겼다
사랑을 모르는 그들이 성경을 왼다
말씀은 자라기 전에
덤불 속에서 숨이 막힌다
그 덤불 그늘에 무얼 숨겼는가
숨은 F-16기가 하늘에 떠
번개 한 줄기 치면
아랍의 모스크가 파괴된다
거기서 경건하게 신에게
기도하던 이들이 피투성이가 된다
B-29기가 북녘을 초토화 시킬 때
사랑은 없었다
피의 파괴가 대지를 갈아엎었다
제국주의는 사랑이 없다
제국주의는 성의聖衣 아래
총칼을 숨기고
갈라치고 통치한 뒤

가짜 말씀의 씨를 뿌린다
가짜 사랑의 씨를 뿌린다
거기서
가짜 말씀과
가짜 사랑이 낳은
사생아가 태어난다
제국주의는 사생아다
천대 받고
멸시 당하는 제국주의
스메르쟈코프처럼
말씀을 간음하고
참사랑을 배반하여
애비를 죽이든지
못 죽여 제 목숨을 끊든지
비극의 역사를 불러온다
제 3세계 동지들이여
단결하라
저 강고한 미 제국주의의 철책을
한반도에 둘러쳐둔 이 철조망을
걷어내자
미국식
거짓 사랑

거짓 정의

거짓 평화를

쳐부수어야

제 3세계 인민을 지킨다

참사랑이 온다

참평화가 온다

참다운 정의가 온다

* 일본 고전 와까(和歌)
  가스가 들판은/ 오늘은 태우지 마라/ 나도 숨어 있고/ 님도 숨어있으니
  (春日野はけふはな焼きそわれも籠れり妻も籠れり)에서 가져옴.

국가보안법

내가 김일성 장군 만세라고 외치면
                            쓰면
                              말하면
나는 국가보안법에 걸려 감옥 간다

내가 조선 영화를 사람들과 같이 보면
우리는 국가보안법에 걸려 줄줄이 감옥간다

내가 주체사상을 공부하면
사상불온자로 감옥간다

나는 감옥가도
외치고
쓰고
말하고
보고
공부하다 죽으리라
어차피 한 번은 죽을 거
이거라도 하고 죽자

위령성월·1

한 해의 끝에서
차고 마른 바람 속에서
느낀다 나는
손으로
코로
머리로
몸을 휘감는 서늘한 기운을
누군가가 내 곁에 서 있다

그들은 배가 고프다
그들은 외롭다
그들은 불안하다
그들은 헤매인다
떠나지 못해 지상을
바람으로
공기로
헤매인다

일본 아오모리 오미나토
팽목항
1980년대 광주의 금남로

노근리와 신천
폭파된 한강다리

하늘의 문이 열리고
누군가의 기도로
안식에 들어가는 영혼들
빛나는 흰옷을 입고
옷자락 펄럭이며
날아가는 그들
하늘의 맑은 유리문을 지나
뿔나팔이 울리면
하늘 임금께 고개 숙이고
비파가 울리면
너울너울 춤을 추지

한 해의 끝에서
나는 그들과 작별하지
거길 가거든
먼 훗날 나를 잊지 말라고

위령성월·2
-4.19혁명기념공원에서

우리는 뜨거웠다
차가움 대신 느끼는 열기는
당신들의 젊은 열정이
우리를 감쌌기에

우리는 차가웠다
당신들의 거룩한 분노가
파도치며 거리로 물결져 올 때
당신들의 경건한 희생이
사월의 한 무더기 꽃으로
파도치는 거리로 던져질 때
당신들의 젊은 투기가
우리들을 감쌌기에

4.19의 영령들이여
꺼지지 않는 불이여
지지 않는 꽃이여

위령성월·3

하늘이 열려 헤매던 영혼들이
저마다 흰옷 입고
천국에 오른다는 위령성월

나는 누군가의 밥상 곁에 서서 기다립니다
그가 밥을 다 먹고 '식사 후 기도' 하면
나는 천국에 오르지요
나는 밤이나
겨울의 찬 공기를 끌고 다니다
봄에는 이름 없는 꽃들에 묻혔다가
여름의 불타는 태양과
장대비 사이를 헤매이다
가을의 들녘에서
농부들의 곁에서
일하는 모습을 바라봅니다
찬 바람이 불고 나뭇잎이 떨어지는 날
나에게도 갈 곳이 생기지요
나는 오래 전에 가족들과 이별했지요
혼자 되어 헤매이다
누군가의 밥상에서 기도를 늘으려 했지요
나를 천국으로 보내주는 그 기도를

나는 오늘 드디어 한 가난한 농부의 기도를 들었지요
나는 한 동안 허영된 마음으로
부자들의 밥상이나
고관들의 밥상 곁에 서 있었지요
아무리 서 있어도
그들은 날 위해 기도하지 않았지요
그들은 돈과 지위 때문에
세상에서 없어진 나를
기억할 리가 없었지요
수많은 날이 지나고
나는 이 어둠 속에서 벗어나지 못 했어요
그러다 어느 날 나의 눈꺼풀이 벗겨진 거예요
어느 작은 시골 마을에서
가난하지만 가을 벼를 수확하고 돌아온
농부와 그의 아내가
저녁을 지어 사이좋게 먹고 있던 밥상에서 기다렸지요
나는 아무 기대도 하지 않았습니다
그들은 밥을 다 먹고 나를 위해 잠시 기도했지요
그러자 내 몸이 하얀 비로도 천으로 감기더니 가볍게 올라왔지요
헤매이던 날들의 고통이 사라지고
빛이 나를 감싸고 천국으로 올라갔지요
나는 오르면서 숙연해진 그들을 바라보면서 감사의 인사를 했지요

위령성월·4

애닯아 하지 말거라
태어난 것도
죽는 것도
너의 몫이 아니었으니

이제는 알아야 할 때
네가 저 큰 하늘을 이고
살았다는 걸

그저
한 줄기 바람처럼 가볍게
한 방울 비처럼 촉촉하게
한 송이 꽃처럼 처절하게
살다 가면 될테니

그래도 눈물이 흐르거든
하늘을 올려다 보아라
네게 말을 걸어오리라

위령성월·5
-가을에 떠난 고향 친구에게

네가 보여준
손과 발에 난
물집이 터지기 전에
우리들의 눈물이 터졌지

꺼져가는 너의 목숨을 두고
방사선이 네 세포에
뿜어낸 열기로 생긴 물집
발을 디딜 때
물의 집이 터지고
아파서 걸을 수 없다고 했지
우리가 아무리 울어도
너의 집이 비는 고통을 알 수 없지
머리로
가슴으로
그저 짐작으로는
네 몸의 집이 헐리고
네 몸집이 줄어들고
집 물리는 고통을

눈물로 가득한 너의 빈소에 가서

제사상 앞에 놓인 사진 속
네 얼굴을 보니
한 시절 네가 부끄럽게 건네준
편지가 내 마음을 울렸지
네 볼 여울에 흐르는 추억
그게 이 세상에서
네가 남겨준
한 자락 너의 기쁨이었지
한 자락 너의 고통이었지

우는 여자친구들을
네 아내는 어떤 생각을 했을까
네가 떠나고 혼자 남은
네 아내가 가여웠던 빈소에
친구들
일터 동료들
가족들
흘린 눈물이
방사선 대신
네 발바닥에 난 물집을
터트리고 있었지
세상에서 겪은 네 고통이
알알이 터지고 있었지

나와 동지들이 몰아낸 어둠은

거리에 저녁이 오면
그저 줄지은 차들의 불빛
도시는 하루의 일과를 끝낸다
나무들은 시커멓게 서서
빌딩과 차도를 내려다 본다
지울 수 없는 상처에 감싸여
무기력해도 인간은
쓰러진 그 자리에서
다시 일어서는 법

그곳에서 깃대를 다시 꽂는 인간에게
도시는 뭘 선사할까
욕망과 욕망의 정체없는 냉전
기만과 기만이 서로를 속이고
협잡과 협잡이 누구의 목을 겨누는가
자본주의적 성과 그래프가 높아지면
그 아래 참혹히 나뒹구는 그림자들
자유가 없는 이 어둠의 땅에서
인간은 자주적으로 중심인가
검은 포도 위에 질주하는
사륜구동의 바퀴는 말한다

이렇게 구르고 있다고

어둠이 오면 나는 물어야 한다
너는 밀려오는 어둠을 걷어낼 수 있느냐고
어둠이 내게 말했지
너는 걷어낼 수 있다고
너의 마음에 한 송이 꽃이 피었다면
어둠은 물러갈 거라고
언제나 소리쳤지
너는 혼자라고
너는 무기력하다고
너는 영육이 무너졌다고
계속해서 스며드는 이 속삭임을
언젠가 나는 깨었지
나는 알았네
혼자로는 어둠에 갇혔지만
동지들 함께라면 어둠은 떠나고 말지
나와 동지들이 몰아낸 어둠은
알고보니 싱거웠지
스스로 붙잡혀있는 게 어둠이었어

그루터기에 햇순이 돋을 때

갈라진 조국에도
피 멍울 든 상처구멍에도
한 줄기 햇살과
한 포기 새싹이 그립습니다

갈라진 조국에도
어머님의 가슴에도
새 하늘과
새 땅이 설레입니다

그루터기에 햇순이 돋고
그 뿌리에서 새싹이 움틀 때
이제 우리는
새로운 사랑을 해야겠습니다

국가보안법에 갇혀
조선 땅에
뛰노는 아이들과
늠름한 청년들과
사랑 깊은 어버이들을
우리는 그리워할 것입니다

우리는 사랑할 것입니다
우리는 기다릴 것입니다

70여 년 세월 동안
우리는 그리워한 죄로
우리는 사랑한 죄로
우리는 기다린 죄로
사랑의 체형과
자유형을 받았습니다

국가보안법이
쳐놓은 억압의 사슬
반교육의 사슬
반생명의 사슬
반통일의 사슬이 옥죄어 와도
우리의 사랑은 풀지 못했습니다
사랑은 새싹을 틔웠습니다
사랑은 뿌리를 내렸습니다
사랑은 줄기로 자라났습니다
사랑은 열매를 맺었습니다

그루터기에 햇순이 돋고

그 뿌리에서 새싹이 움틀 때
동지여
이제 우리는
북녘에서 남녘으로
남녘에서 북녘으로
사랑의 새 다리를 놓읍시다
저 산도 넘고
저 바다도 건너고
저 철조망도 타고넘어
새 인간들이 건너는
통일의 새 다리를 놓읍시다

동지여
아직도 가슴에
사랑의 불씨가 남아있다면
아낌없이 태웁시다
삼천리 타오르는
사랑의 불길
통일의 불길
미제국주의의 총탄도
반통일 세력의 망동도 태우는
투쟁의 불길
혁명의 불길이 됩시다!

십자나무는 자란다

십자나무는 자란다
하나에 하나를 더하면 둘이 되듯
십자나무 하나에 하나를 더 더하면
두 배로 자란다

십자나무는 자란다
물을 주지 않았고
비료를 준 일도 없었는데 자란다

참으로 기특도 한 십자나무
왜 이렇게 자라기만 할까
나는 물어본다

십자나무는 조용히 대답한다
보세요
아직도 머리에 가시가 박힌 채
그분은
여기서
2020년을 매달려 있어요라고

나는 보았다

아직도 매달려 있는 그에게
사람들이 손을 잡고 있었다
사람들의 무리가 계속 되었다

십자나무는 자라고 있었다
그 십자가가 너무 크고 묵직해서
나를 눌려 버렸다
비교한다고 해서
비교 안 한다고 해서도
안 될 십자나무

나는 오늘
큰 십자나무에
작은 십자나무를 포개었다
내가 혼자가 아니라
함께 십자나무를 지고가는
먼저 간 동지들도
나중에 올 동지들도
큰 십자나무에
포개리라 믿었다
그러니 십자나무는
자라지만 하나로 자란다

적후의 비

갑자기 시의 봇물이 터진다
시의 봇물은 뭘 적시는가
나는 장마비가 오는 동안
가택연금 당했다
빗방울이 나를 때리고
금을 긋듯 내리는 비에
창살같은 비가 내 마음을 가두었다
우울이 스며들어 빗물에 섞였다
그 빗물은 검고 탁했다
위험한 동지를 위해
자신의 목숨을 던지고
미제의 총을 맞고 죽어간
전사의 영상이
흐린 빗줄기에 가렸다
살아남은 동지는
적후에서 적후로
몸을 숨기며
치밀하게 파고든다
오늘 내린 빗발은
치밀하고 준엄하다
전사의 투쟁처럼

월미도 인천상륙작전비 앞에서

나는 길고 노란 원피스를 입고
노란 구두와 노란 숄더백을 메고
바다로 간다네
나를 붙잡고 있던
긴 우울을 떨치러 간다네

근대의 문을 열었던 인천의 제물포에서
어느 청년의 가슴에 일렁였던
시대의 희망을 안고
역사의 새 물결이 드나들던 그곳에서
멀리 중국에서 돌아온 이들이
터를 잡고 살았던 차이나타운
그네들은 문명의 씨앗을 품고 살았네
철마다 흐르는 해류의 기운을 품고
철마다 불어오는 바다 건너 대륙의 바람은
이곳 사람들 심장을 두드렸지
간악한 일제의 수탈에
부두는 공물로 넘쳐나고
조선인들 끌어다 하역부로 썼던 곳
한국전쟁 때
태평양 건너와 군함을 들이대고

미제의 병사들이 한반도를 침탈하러
상륙한 월미도 앞바다
일본군 와타나베의 인도로
미제는 들어왔지
자유공원 맥아더 동상
인천 앞바다 바라보며 호령하는
미제의 수괴 맥아더
일제 군인과 경찰을 불러들여
통일전사들 토벌하고
반도를 침탈했네
아직도 휴전 중인 반도는 울고 있다네
반도의 어둠 속에서
우리는 희망의 노랑을 물들이고
저 불어오는 바람에
북녘 소식을 물어보아야 하네

마약 먹은 나라

달콤한 약속을 했지
너희를 적으로부터 지켜주겠다
너희에게 평화를 가져다 주겠다
너희에게 번영을 가져다 주겠다

이런 바보들이 있나
72년 동안
제 땅 내주고
방위비 줘가며
강매하는 중고 무기 사주고
제 나라 사람이
그놈들 손에 죽어도
끽 소리 못하고
누군가 그놈들 몰아내라 하면
빨갱이 그물을 쳐 잡아들이고
초대부터 지금까지 대통령들은
제 나라 백성 위한다고
한미동맹
한미동맹
입으로 외치며 군사연습하고
겨우 제 민족 때려부수는 작전놀이나 하면서

식민지교육으로
식민지언론으로
식민지검찰로
식민지사법으로
식민지 매판자본으로
식민지총독으로
잘도 돌아가는 마약 먹은 나라

왜 광화문 광장 앞에
일제의 총독부 대신
미제의 총독부
성조기가 펄럭여야 하냐
늘 비겁한 청와대
미국의 품에서 그만 놀아나라

깨어나 외치자
자주 통일!
자주 통일!

* 고 남정현 선생님을 생각하며…

국가보안법 철폐 1인 시위·1

나는 청와대앞에서 1인 시위한다
많은 동지들이 1인 시위를 했다
국가보안법이 철폐될 때까지
우리들은 1인 시위를 할거다

봄이 오고 꽃이 피어도
여름이 오고 불비가 내려도
가을이 오고 단풍이 들어도
겨울이 오고 찬 바람이 불어도

도대체 철폐되지 않는 국가보안법
한 번 만들었더니
죽어도 고쳐지지 않는 법
국가보안법이 밥 먹여주냐
국가보안법이 돈 벌어다 주냐
국가보안법이 꿈을 이루어주냐

생각해보니 아무짝에 쓸모없는 이 법
거룩하신 법전에 자리잡고
어험 하면서 70여 년간 군림하면서
밥그릇 빼앗고

부정축재 하고
인간의 생명을 짓밟은
몇 줄의 나열된 문자
누가 만들었는지
참 몹쓸 놈의 법조항
한 줄의 시는 인간을 살렸으나
몇 줄의 법조항이 인간을 매달았다지
좋아 오늘은 너를 교수할테다
그만 해먹어라
국가보안법 부리는 놈들아

국가보안법 철폐 1인 시위·2

영하의 날씨에
나는 청와대 앞에서
1인 시위를 한다
왜 하냐고 물으면
나는 대답하리라
나의 동지들이
이 악법 때문에
죽임을 당했고
감옥에 가고
고문을 당해 평생을
고통 속에서 살고 있다고
바늘로 찌르는 겨울 바람에
살갗이 아프고 심장이 얼지라도
나는 서 있어야 한다
거룩한 그분들의 희생보다
나의 한 시간이 부끄럽지만
나는 서야겠다고 다짐한다
먼 훗날
당신은 정의를 위해
싸운 적 있느냐고 하면
그저 나는 청와대 앞에서

1시간을 섰지요

그 한 시간 동안 나는

죽은 동지를 생각하고

지금도 고통 속에 계시는 분들의

마음을 헤아리는 인간이 되고 싶어서라고

국가보안법 철폐 1인 시위·3

판넬을 들고
청와대 앞에 서니
찬 바람이 바늘 되어
종아리에 꽂히는데
나는 문득 생각한다
왜 나는 여기에 서 있어야 하냐고

문득 한 마리 새가
플라타나스 나무 우듬지에
날아가다 앉는다
저 새는 왜 거기에 앉아 있냐고

청와대 안에는 일사분란하게
오늘도 제각기 움직이고
국민을 위한다고
새벽부터 밤 늦게까지
일하면서도
왜 청와대 앞에서
천 일을 이석기 석방 외치고
풍찬노숙한 누님과
세월호 유가족들

전교조 선생님들
국가보안법 악법
폐지해달라는 국민들의 민원은
처리 안 해주냐고

나는 배운다
한 마리 새에게
가장 높은 데 앉아야 멀리 본다고
왜 대통령은 저 새처럼 높이 앉아서도
제 집 앞 사람들도 못 보냐고

눈이 내리네

눈이 내리네
조선의 하늘에도
눈이 내리네
남녘의 하늘에도

눈이 쌓이네
조선의 땅에도
눈이 쌓이네
남녘의 땅에도

그 옛날 항일유격대원들
백두산 밀영의 산채에서
얼굴에 눈보라 맞으며
일제에 총부리를 겨누었던 눈동자
감시의 눈을 피해
산으로 가는 길 발자욱 묻으며*
내렸던 눈이
이 밤에도 내린다
역사의 살아있는 눈은
부릅뜬 채 그치지 않는다

사랑의 말씀이
한 그릇의 양식이 되어 내리네
일치의 말씀이
한 그릇의 양식이 되어 내리네
지나간 세월의 이 빠진 그릇에
비어있는 그 그릇에도
싸락눈은 떡쌀이 되어 담기네

* 조선의 시 〈공산주의자〉 제 1행에서, 이 시는 항일혁명투사 리재순을 기리
  는 시이다.

겨울 저녁

눈 온다는 소식에
자꾸 창문을 열어보니
몰랐구나
하늘 구름이
서에서 동으로
남에서 북으로
솜뭉치를 찢더니
판판하게 섞어서 깔아놓고는
붉은색 황색 구름도
심술궂게 짙은 회색으로 물들여 놓고
눈 내릴 준비를 바삐도 하는구나

빈 들에 흔들리는 억새도
오늘은 새침하게 고개 돌리고 있구나

에미야
오늘 저녁에는 국수를 눌러내려
한 사발 시원하게 먹자꾸나

이윽고 하늘 분틀에서
국수 가락이 내릴 쯤에

앞집뒷집 이웃들도 덩달아
거렁거렁한 국수 사발을 훌쩍 거린다

옛날 만주 조선인들
일제놈들 피해
두고온 고향 생각도
가난과 탄식도
국수를 먹으며
서로 풀고 풀었다지

화산도

바람이 운다
삼다도의 바람이 울어옌다
한라산 오름 오름 마다
바람의 눈물은 배어
역사의 피빛이 어린다
파도야
너는 힘껏 바위에 머리를 찧어라
그리하여
미제가 유린하고
족청과 토벌대가 할퀴었던 기억을
복숭아 꽃물 들여 언약한 사랑
짓이겨져 핏물이 흐르는
너의 몸에 지나간 흔적이 울구나
바람 속에서 목놓아 우는구나

심종숙 시인의 두 번째 시집을 읽으며

심종숙 시인 겸 문학평론가의 두 번째 시집 『그루터기에 햇순이 돋을 때』 속에는 전체 여든세 편의 시가 4부로 나뉘어 실려있다. 나는 이들의 작품을 읽는 내내 마음이 아팠다. 무언가 먹었던 음식물이 소화되지 않고 뭉쳐서 걸려있는 것처럼 답답했던 속이 이내 꾹꾹 쑤셔왔다. 아직도 우리 사회에 해결되어야 할 많은 문제가 산적해 있고, 지나온 길에도 아픔의 발자국이 깊은 상처로 찍혀있기 때문이다.

그런 탓일까, 내가 알고 있는, 영성(靈性)이 번뜩이고, 문학적 지성이 차분하게 정리 정돈되어 있던 시인은, 이 땅에서 힘들게 살아가는 노동자들의 대변인이 되어 돌아왔고, 분단된 조국의 통일을 염원하면서 반민족적인 정치적 행위나 제도를, 그리고 우리의 부끄러운 과거사를 비판하는 일에 선봉자가 되어 돌아왔다. 그러다 보니, 그녀의 시는, 목숨을 담보로 위험한 현장에서 힘들게 노동하는 사람들의 이야기로 넘쳐나고, 과거 5.18 광주민주화운동의 피해자를 떠올리며 가해자를 비판 성토하고, 소위, '가진 자'들의 자본이 인권과 생존권을 유린(蹂躙)하는 자본주의 사회의 병리 현상을 비판하고, 국가보안법 철폐를 주장하며 시위하고, 미국을 지원국 내지는 우방(友邦)으로서가 아니라 식민지배하는 나라라면서 오히려 통일을 어렵게 하는 적국(敵國)으로 인식했다. 게다가, 우리 역사(歷史)의 약점인 일제강점기의 친일(親日), 남북전쟁 당시의 부역(附逆)과 연좌제(連坐制), 그리고 이데올로기로 인한 대립(對立) 등으로 인한 수많은 피해자의 아픔을 환기해 주면서 정치적인 정책 결정의 잘못을 직간접으로 비판하고 있다.

나는 시인의 작품들을 읽고 난 뒤 한동안 멍하니 앉아서 생각해 보았다. 왜, 왜일까? 애써 큰소리로 주장하는 것은 널리 공유하고자 함이고, 널리 공유하고자 함은 더불어 같이 느끼고 같이 생각함으로써 말과 행동을 함께하고자 함일 것이다. 그런데 이 '함께하고자 함'은 결국, 통일을 방해하는 세력을 무너뜨리고, 인권과 생존권을 유린(蹂躙)하는 자본주의를 타도(打倒)함으로 나타난다. 그래서 그녀의 시는 동참을 호소하고, 단결을 외치며, 이해를 구한다. 사회적 약자(弱者)를 위로하고, 응원하며, 열악한 환경과 불평등한 조건에서 일하는 노동자들의 삶을 격려하며 찬양한다. 미국을 비판하고, 미국과 가깝게 외교관계를 맺고 있는 우리나라의 정치인과 그에 의존하는 국민의 말과 행동을 또한 성토(聲討)한다. 그러는 사이 낯선 '인민(人民)'

이라는 단어가 자연스럽게 시 문장 안에 자리를 잡고, '한미연합군사훈련'을 도끼로 찍어내자는 구호가 시문(詩文)의 중심에 자리한다.

어찌, 시인만 그러하겠는가. 불행하게도, 우리는 남북이 분단된 채 70년 세월이 흐르는 동안 너무 많은 국력을 낭비해 왔고, 서로 대립(對立) 비방(誹謗)해 왔듯이, 우리의 의식(意識)도, 가치관도, 언어도, 사상(思想)도, 정치적 주의(主義) 주장(主張)도 많이 달라져 있다. 그래도 우리는 '자유 민주주의'라는 체제 아래에서 살기에 양쪽의 것이 어느 정도 공유되면서 우리와 다른 저쪽의 주의 주장을 탐색할 수 있고, 그래서 그들의 좋은 점을 수용할 수도 있었다. 그러다 보니, 같은 체제 아래에 살면서 우리만 사실상 내부적으로 갈라져 가는 형국에 놓여 있고, 또 곳곳에서 의견 충돌과 함께 대립한다. 특히, 저쪽의 것을 가져다가 이쪽에서 주장하고, 저쪽 시각에서 이쪽을 비판하기도 하는데 '새롭고 신선하다'라는 평가를 받으면서 개인적인 능력으로 인정받기도 한다. 그래서 정치인이 되고, 사회운동가가 된다. 나는 이런 현실이 너무 슬프다. 양쪽을 객관적 시각에서 바로 보지 못하고 우리의 당면 문제만을 일방적으로 비판 성토하는 것은 바람직하지 못하다고 생각한다. 저쪽 사람들이 이쪽의 것을 가져다가 자신들의 현실을 비판한다면 어느 정도 균형이 맞지만, 저쪽에서는 그런 현실이 용인되지 않는 정치체제이다. 원천적으로 같은 조건에서 얘기할 수는 없다. 그나마, 요즈음에는 탈북자들이 북한의 내부 사정을 폭로 비판하기도 하고, 중국 조선족 동포들이 중립적 시각에서 남북을 보며 나름대로 통일을 위한 기반 조성에 노력하는 이들도 있다.

여하튼, 시인으로서 우리의 정치 경제 사회 문화 할 것 없이 당면한 현실 문제를 소재로 삼아서 얼마든지 글을 쓸 수 있고, 또한 그 과정에서 자신의 주장을 펴며 필요하다면 비판 성토할 수 있다고 나는 생각하고 믿는다. 사실, 그것도 결코 쉬운 일이 아님을 안다. 그러려면, 시인은 그 속 한가운데로 들어가 있어야 하며, 그곳에서의 아픔이 곧 내 아픔이 되고, 그들의 행복이 곧, 나의 행복이 될 때 가능해지는 일이기 때문이다. 이런 의미와 맥락에서 보면, 심종숙 시인이 사회적 약자와 노동자들의 삶에 관심을 보이며, 분단된 민족의 현실에 애정 어린 눈으로 가까이함을 높이 평가한다. 자신의 안위와 행복보다 그들과 그들의 것을 우선시하는 자기희생적 이타심 없이는 실행되지 않는 일이기 때문이다.

큰 틀에서 보면, 우리의 판단도, 우리의 주의 주장도 대개는 '정반합(正反合)'이라고 하는 시행착오(?)를 거치면서 성숙, 발전해 간다. 나는 심종숙 시인의 행보도 그런 과정으로 이해한다. 그러나 한 가지 중요한 사실만큼은 염두에 둘 필요가 있다고 본다. 그것은 다름 아닌 이것이다. 곧, 나의 관심사에 나의 시선이 머물고, 나의 시선이 머무는 곳에 내가 있게 마련이다. 내가 있는 곳을 중심으로 대개는 바깥세상을 보고 읽게 된다는 사실이다. 그런데 그 중심이 사람마다 다를 수 있고, 저마다 자기중심만을 고집하거나 자기중심밖에 모른다면 타자를 이해하지 못하고, 종국엔 대립하게 되고, 적대시하게 되며, 투쟁만으로 일관하게 된다. 바로 그 과정에서 너무 많은 에너지가 낭비된다는 사실이다. 작품들에서 상대를 조롱하고, 욕설하고, 분노하는 감정이 실리는 문장들이 그런 길 위에 찍힌 발자국으로서 증거라고 나는 판단한다.

부디, 당신의 소중한 에너지가, 당신의 관심과 애정이 우리 사회 갈등과 대립과 충돌을 부추기는 게 아니라 그 벽을 넘어서서 어두운 구석구석을 비추는 한 줄기 빛이 되기를 기대한다. 그리하여 분노가 녹아내리고, 억울함과 원망이 사라져 화해와 용서와 포용으로 하나 되어 나가는 길에 초석을 놓아 주기 바란다. 그동안 마음고생 많이 하셨고, 이제 심신의 안정과 평화가 깃들기를 축원해 마지않는다.

-2021. 08. 26.

이시환 씀

심종숙 시인의 두 번째 시집

그루터기에 햇순이 돋을 때

초판인쇄 2021년 09월 06일 **초판발행** 2021년 09월 10일

지은이 **심종숙**
펴낸이 **이혜숙**   펴낸곳 **신세림출판사**
등록일 **1991년 12월 24일 제2-1298호**

04559 서울특별시 중구 퇴계로49길 14,
      충무로엘크루메트로시티2차 1동 720호
전화 02-2264-1972 팩스 02-2264-1973
E-mail : shinselim72@hanmail.net

정가 10,000원

ISBN 978-89-5800-235-2, 03810